불성佛性 와 연기緣起

글. 이시우

종이거울

우주만물의 생멸과 존재에 관한 근본 이법이다.

연기법은 무시이래로 존재하는

전체를 아우르는 전일적이며 시스템적 관계이다.

연기는 단순한 상대주의가 아니라 계[우주만유]

존재면 연기이다.

연기면 존재이고

주객불이 사상을 바탕으로 해야 한다.

인간의 이성이 주체와 객체가 동등하다는

올바른 연기적 세계를 펴기 위해서는

비로소 만유의 존재 가치와 삶의·가치 구현에 바르게 기여할 수 있게 된다.

생명관과 연기법을 근본으로 할 때

모든 학문이나 믿음은 만물이 생명을 지닌다는

그리고 우주만유에 내재하는 불성이다.

연기성이나 공성이 바로 우주만유의 존재본질이며

차례

책을 펴내며

우리가 공기로 숨을 쉬고 물을 마시고 영양분을 취하는 것은 모두 외부로부터 얻는 것이다. 그리고 우리는 숨을 내쉬면서 공기를 내뿜고 불필요한 것을 밖으로 내보낸다. 이 모두는 우리가 밖으로부터 신선한 것을 얻은 후 이에 상응하는 것을 밖으로 내보내는 것이다. 이것이 바로 우리와 자연 사이의 주고받음의 기본적 행위이다. 인간들 사이에서도 서로 주고받는 행위가 일상의 생활 형태이다. 이와 같은 주고받음이 바로 상호 의존적 연기관계緣起關係이다.

일반적으로 상호관계란 독립된 두 개체 사이에서 일어나는 관계이다. 그러나 연기관계란 만유萬有가 서로 구속된 상태에서 일어나는 상호 의존적相互依存的인 전일적全一的이며 시스템적 관계이다.

인간을 포함한 우주만유는 서로가 모두 연기적 그물망에 얽매여 있기 때문에 본질적으로 서로가 의존하며 구속되어 있다. 그래서 모든 관계란 상호 의존적인 연기적 관계이다. 예를 들면 인간이 지상의 만물과 함께 태양빛에 의존하며 그리고 태양은 국부항성계局部恒星系를 비롯하여 외부 은하銀河들에 중력적重力的으로 얽매여 있는 상태이다.

빈손으로 태어나는 인간은 삶을 유지하기 위해 죽을 때까지 타자他者와 끊임없는 연기적 관계를 이어간다. 이런 연기관계가 어떻게 이루어지는가에 따라서 삶의 과정過程과 질質이 결정된다. 우리가 태어나 교육을 받고 타자와의 긴밀한 관계를 이어가는 데서 배우는 것은 가능하면 상호간에 조화로운 연기관계를 이루어가도록 하는 것이다.

연기법緣起法을 근본으로 하는 불법佛法에서는 특히 삼륜청정 (三輪淸靜 : 주는 자와 받는 자의 마음이 청정하고 주고받는 매체도 청정한 것)과 삼륜체공(三輪体空 : 주는 자도 변화하는 緣起空이고 받는 자도 변화하는 연기 공이며 주고받는 매체도 변화하는 연기공)인 연기관계가 강조되고 있다. 이 경우에 '나'라고 하는 정체성正體性을 유지하는 경우는 자기중심적 사상에 이끌려 타자와 올바른 연기관계를 이루어갈 수 없게 된다. 그래서 연기관계에서는 먼저 나를 버릴 줄 알아야 한다. 소위 무아無我와 무상無相의 상태에서 무위적 연기적 관계를 이루어가야 한다. 이것은 연기관계에서 만유가 변화한다는 연기공緣起空의 중요성을 의미한다.

그리고 동시적이며 연속적으로 일어나는 우주만유의 연기관계에서는 연기적 원리인 변화성變化性, 안전성安全性, 무위성無爲性,

이완성弛緩性, 평등성平等性, 보편성普遍性 등의 연기법緣起法을 그 특징으로 하며 그리고 이 연기법이 만물의 존재이법存在理法으로서 불법佛法의 근본을 이룬다. 불법에서는 만유가 생의生意를 지닌 생명체로서 동일한 존재가치를 지니는 생명평등사상生命平等思想이 강조되고 있다. 그리고 우주만유는 본래부터 불성佛性을 지닌 중생으로서 연기법에 따라 생멸 진화를 이어간다.

연기적 세계에서는 일자一者보다 다수성多數性이 원활한 연기를 이끌어가며 모두가 연기적 그물망에 얽매여 서로가 서로에 의지해 있다. 그래서 연기적 세계에서는 주체主體의 탈대상화脫對象化와 진리眞理의 탈대상화脫對象化라는 연기의 속성이 강조되고 있다.

『화엄경』에서 제시되는 화장장엄세계華藏莊嚴世界와 〈여래수량품〉에서 다양한 세계를 보이고 있다. 여기서는 지구를 벗어난 은하세계와 초우주적인 승연화세계勝蓮華世界를 제시하고 있다. 이들은 천문학적 관점에서 자세히 살펴볼 것이다. 그리고 『니까야』에서 보이는 진동우주震動宇宙를 통해서 우주적 화엄세계華嚴世界의 연기적 특성을 천문학적 관점에서 자세히 살펴보고자 한다.

위에서 제시된 것처럼 불교는 지상의 인간만을 대상으로 하는 것이 아니라 우주만유를 모두 아우르는 생주이멸生住異滅

의 존재이법存在理法인 연기법緣起法을 다룬다. 따라서 연기법
은 반드시 우주적 존재이법이 되어야 함을 살펴본다.

우리는 타자와의 구체적 관계와 교육을 통해서 연기관계를
쉽게 잘 이해하는 것 같지만 실은 그렇지 못한 점이 많다. 이
런 관점에서 본서에서는 대승불교大乘佛教의 근본이 되는 연
기법緣起法을 여러 관점에서 살펴봄으로써 연기성緣起性의 중
요성과 연기법緣起法과 불성佛性과의 관계를 자세히 살펴본다.
여기서 연기관계는 인간과 인간 사이뿐만 아니라 자연과 자
연 사이 그리고 전우주적 연기관계를 살펴본다.

※ 이 책은 2015년에 출간된『연기와 우주인드라망』의 내용을 일
부 보완하고 그리고 [연기와 불법]의 단원을 새로 추가한 것이다.

이 책의 원고를 꼼꼼히 읽고 조언을 해주신 송암 스님께 감
사드리는 바이다. 그리고 늘 옆에서 잘 보살펴 주고 원고를
열심히 읽고 지적해 준 선화 보살에게 감사한다.

2020년 10월
이시우

붓다와 연기

『잡아함경』에서 석가모니 부처님이 "과거는 과거대로 내버려두고, 미래는 미래대로 내버려두자. 내가 너에게 현실을 통해 법을 설하겠다. 이것이 있으므로 저것이 있게 되고, 이것이 일어나므로 저것이 일어난다[流轉門]. 이것이 없으므로 저것이 없게 되고, 이것이 소멸하므로 저것이 소멸된다[還滅門]."라고 했으며, 그리고 "연기법은 내가 만든 것이 아니다. 그렇다고 다른 어떤 절대자가 있어서 만든 것도 아니다. 연기법은 붓다인 내가 이 세상에 출현하거나 출현하지 않거나 법계法界에 항상 있는 것이다. 나는 다만 이 법을 스스로 깨달았고 보편타당한 깨달음을 이루어서 모든 중생들을 위하여 분별해 연설하고 드러내 보이는 것뿐이다."라고 했다. 이처럼 부처님은 '연기법緣起法은 무시이래로 존재하는 우주만물의 생멸과 존재에 관한 근본 이법'임을 깨달은 것이다.

『잡아함경』에서 "법(法 : 사물)은 자연의 있는 그대로의 모습을 떠나서 따로 있는 것이 아니며, 법은 자연의 있는 그대로의 모습과 다르지 않아서 분명하고 진실하여 전도顚倒되지 않아 연기를 그대로 따른다."라고 했다. 이것은 자연 그 자체는 연기의 세계로써 제법실상(諸法實相 : 만물의 진실한 본성)이 연기법緣起法을 무위적無爲的으로 따르고 있음을 의미한다.

또한 『중아함경』에서 "만일 연기緣起를 보면 곧 법(法 : 사물)을 볼 것이요, 법을 보면 곧 연기를 볼 것이다."라는 것은 12연기와 같은 인간의 경험세계에 국한된 것이 아니라 우주 만물이 상호 의존적인 연기적 관계를 이루고 있다는 것이며 그리고 불법佛法은 연기법緣起法을 근본으로 하는 진리체계眞理體系라는 것이다.

따라서 연기법을 따르지 않는 것은 불법佛法이 아니다. 인간을 포함한 자연 만물은 모두 연기적 이법을 따르고 있다. 이러한 우주만유의 존재이법存在理法인 연기법을 2600여 년 전에 석가모니 부처님이 찾아내어 정립했다는 것은 놀라운 부처님의 불안佛眼이라고 할 수 있다.

02

연기의 의미

연기緣起는 인연생기因緣生起의 약자로 원인[因]에 따라[緣] 생성하고[生], [그에 따라] 반응이 일어난다[起]는 것으로 무시이래로 존재하는 자연 만물의 존재이법存在理法이다. 이러한 연기는 상호 의존적 관계로 서로 얽매인 개체들 사이에서 일어나는 매체[조건]를 통한 작용과 반작용의 관계에 해당한다. 우주만물은 이러한 상호 의존적 연기관계를 이루고 있다. 따라서 연기적 관계는 서로 독립된 두 개체 사이의 상대적相對的 관계가 아니라 모두[宇宙萬有]가 함께 서로 얽매여 있는 연속적 연기관계이다. 따라서 대승불교에서 논하는 연기緣起는 단순한 상대주의相對主義가 아니라 계(系 : 우주만유) 전체를 아우르는 전일적全一的이며 시스템적 관계이다.

석가모니 부처님은 "무엇이든 연緣에서 생生한 것이면 그것은 무생無生이고, 거기에는 유생有生의 자성(自性 : 사물의 특별한 속성이나 본질)이 있는 것이 아니다. 만일 법(法 : 사물)이 연에 의지한다면 그 모든 것은 공(空 : 연기적 의존에 따른 변화)을 말함이며, 만일 공성(空性 : 緣

起性)을 안다면 그것은 깨어있음이다."[01] 라고 했다. 연기에 의해 생기는 것은 항상 변화를 동반함으로 무자성無自性으로써 연기적으로 공空이다. 이런 연기적 공성空性의 깨달음이 열반涅槃이다.

연기관계를 쉽게 말하면 여러 매체를 통해서 일어나는 서로 '주고받음'의 관계이다. 여기서 매체는 원인과 결과를 낳은 조건에 해당한다. 이러 관점에서 무위적[無爲 : 조작되지 않은 것, 의도되지 않은 것, 제약되지 않은 것] 연기는 삼륜청정三輪清靜을 근본으로 한다. 즉 주는 자의 마음이 청정하고 받는 자의 마음이 청정하며 그리고 주고받는 매체가 청정해야 한다. 그런데 인간사회에서는 이런 청정심清淨心을 지키기가 쉽지 않기 때문에 유위적[有爲 : 조작된 것, 의도된 것, 제약된 것] 연기가 많이 이루어진다.

열린계에서 구체적으로 주고받음이 어떻게 일어나는가를 화이트헤드의 과정철학過程哲學[02] 을 바탕으로 살펴보자.

자연에는 만물이 태어나서 살다가 죽어 없어지는 것을 조정하는 섭리攝理가 있으며 이를 주재하는 신을 자연신自然神이라고 한다. 이런 신의 섭리에 따라서 자연은 연속적으로 진화해 간다. 이 과정에서 현실적 존재로서 주체와 객체 사이에는 주고받음의 과정이 연속적으로 일어난다. 이때 주체는 외부의 객체를 만나 어떤 매체에 의해 어떠한 느낌을 받는데 이 과정이 초기 반응으로 최초 위상位相이라고 한다. 이런 반응이 주체의 의식으로 전달되면 이 반응을 수용하고 적응 대

---

01 『깨달음에 이르는 길』총카파, 지영사, 2005, 936쪽
02 『과정과 실재』화이트헤드, 오영황 옮김, 민음사, 1999

응하는 과정이 일어나는데 이를 호응적呼應的 위상이라 한다. 이 과정을 통해 주체는 자기 조절, 자기 통제를 거치는데 이를 보완적補完的 위상이라고 한다. 이런 과정은 주체의 주관적 판단과 결정을 요구하며 반응을 받기 전과는 다른 새로운 상태로 자기 초월을 유도한다. 이런 일탈성逸脫性의 과정을 거치면서 무위성無爲性, 이완성弛緩性, 평등성平等性, 보편성普遍性 등이 달성된다. 이 마지막 과정을 최종 위상이라고 한다.

　　이러한 수수과정授受過程을 거치면서 나타나는 자기초월自己超越은 한 번의 과정으로 끝나는 것이 아니라 연속적인 수수과정을 거치면서 항상 새로운 자기초월[脫自我]로 나아가게 된다. 여기서는 절대성이나 완전성 또는 단절된 한 극단의 상태란 있을 수 없다.

일반적으로 집단 내에서 일어나는 구성원들 사이의 주고받음은 시간과 공간[環境]에 따라서 다양하게 변화한다. 따라서 연기관계는 고정된 관계가 아니라 연속적으로 변화하는 관계이다. 이런 점에서 연기법은 변화變化의 이법이다. 이것은 미국 핵물리학자 존 휠러가 말한 "법칙이 존재하지 않는다는 법칙을 제외하면 법칙은 존재하지 않는다."라는 것은 법공(法空: 만유는 고정되지 않고 변화한다.)으로 연기법을 뜻한다. 우주만물은 이러한 무위적 연기법에 따라서 생성하고 소멸하는 생주이멸生住異滅과 성주괴공成住壞空을 이어가며 진화한다. 따라서 우리의 감각세계感覺世界는 실재(實在 : 실재적 존재)하는 세계가 아니라는 것이다. 이러한 연기적 변화의 사상이 서양에서는 고대 그리스 시대부터 있어왔다.

인간이 다루는 학문이라는 범주는 모두 주고받음과 생성과 소멸을 다룬다. 그렇다면 모든 학문은 연기법으로 통섭統攝된다고 할 수 있다. 연기적 세계에서는 변하지 않는 것이 없으므로 과학적 이론 역시 현상을 물리적 언어로 설명할 뿐이지 절대적 진리를 말하는 것은 아니다.

아인슈타인은 "모든 것은 우리가 통제할 수 없는 힘에 의해서 처음부터 끝까지 결정된다. 곤충은 물론이고 별의 경우에도 마찬가지이다. 인간, 식물, 또는 우주의 먼지를 비롯한 우리 모두가 아주 먼 곳에 있는 보이지 않는 연주자가 연주하는 신비로운 음악에 따라 춤을 추고 있다."[03]라고 했다. 이것은 우주만유가 연기적 관계에 서로 얽혀 있음을 뜻한다. 결국 우주에서 연기적 관계에 얽매이지 않은 개체란 존재하지 않음을 알 수 있다.

후설은 "우리는 순전한 주관적 표상(表象 : 외부 세계의 대상을 마음 속에 나타내는 것)이나 이념적 현실성(現實性 : 의식에 의해 주어진 것을 부당하게 현실화하거나 실체화하는 것)을 이해하려 해서는 안 되고, 바로 '현상들'만을 이해하고자 해야 한다."라고 했다.[04] 후설의 현상학現象學은 대상에 대한 직관(直觀 : 사유작용을 거치지 않고 대상을 직접적으로 파악하는 작용, 直覺)과 성찰省察이다. 즉 단순한 사실의 인식이 아니라 그 본질을 탐구하는 것이다. 이것은 기존의 현상

03 『아인슈타인 : 삶과 우주』 월터 아이작슨, 이덕환 옮김. 까치, 2007, 464쪽
04 『현상학이란 무엇인가』 피에르 테브나즈, 김동규 옮김, 그린비, 2012, 35쪽

학과 달리 상호의존적인 연기적 관점에서 현상학을 다루어
야만 현상의 본질을 바르게 이해할 수 있다는 것이다.

한편 하이데거는 현상학現象學은 '존재는 무엇을 의미하는가'라
는 물음을 제시하는 존재론의 바탕이라고 했다.[05] '존재는 무엇
을 의미하는가'에 대한 답은 '연기면 존재이고 존재면 연기이므
로 존재란 바로 서로 주고받는 연기적 관계'이다. 이런 관계에서
는 '은폐隱蔽된' 존재의 구조와 양식이 점진적으로 드러나는 그런
것이 아니라, 무시이래로 분명하게 드러나고 있는 연기적 존재이
다. 이런 관점에서 연기법緣起法은 만유의 존재원리存在原理이다.

---

[05] 『현상학이란 무엇인가』 피에르 테브나즈, 김동규 옮김, 그린비, 2012, 35쪽

03

연기와 자유의지 自由意志

스피노자는 데카르트의 자유의지自由意志를 부정했다. 이것은 "인간의 정신 속에 자유의지는 존재하지 않으며, 우리가 '자신의 의지'라고 생각하는 것이 실제로는 우주에 존재하는 여러 가지 인과관계에 짜 맞추어진 것으로써 다른 원인에 의해 결정된 것에 불과하다는 것이다."[06]라고 보기 때문이다. 아인슈타인도 "인간은 자신의 의지에 따라 움직일 수 있지만, 의지는 자신의 의지에 따라 만들어지지 않는다는 쇼펜하우어 말에서 진정한 감명을 받았다."[07]라고 했다. 그리고 칸트는 "너의 의지의 격률(格率 : 規律)이 항상 동시에 보편적인 법칙으로써 타당할 수 있도록 행위 하라."[08]고 했다.

한편 메를로-퐁티는 "나의 자유는 언제나 홀로 존재하는 것이면서, 언제나 공존共存의 존재로 있는 것이다. 또한 지속적으로 분리될 수 있는 자유의 힘은 세계 속으로의 나의 보편적 참여에 의거한다. 나의 실질적인 자유는 나의 존재 편에 있는 것이 아니라, 내 앞에, 다시 말해 사물 속에 존재한다.

---

[06] 『지혜를 주는 서양의 철학과 사상』: 가나모리 시게나리, 이재연 옮김, 다른 생각, 2008, 112쪽

[07] 『아인슈타인: 삶과 우주』: 월터 아이작슨, 이덕환 옮김. 까치, 2007, 464쪽

[08] 『지혜를 주는 서양의 철학과 사상』: 가나모리 시게나리, 이재연 옮김, 다른 생각, 2008, 160쪽

그 뿌리가 없는 자유는 자유가 아니다."라고 했다.[09] 즉 자유란 연기적 구속에서 얻어지는 자유이지 결코 연기적 뿌리가 없는 자유는 진정한 자유가 아니며 자유의지도 아니다. 그리고 들뢰즈는 자유의지自由意志를 비인간주의적非人間主義的 존재론存在論의 관점에서 생각해야 하는 것이 타당하다고 했다.

결국 인간의 고유한 자유의지란 존재할 수 없다. 왜냐하면 연기적 세계에서는 개인의 의지는 타자와의 연기적 관계에 의해 이루어지기 때문이다. 즉 자기는 타자가 존재함으로써 존재하고, 타자는 상대가 존재함으로써 존재하게 되는 것이다. 결국 타자와 관계가 없는 존재란 있을 수 없다. 이런 관점에서 타자를 무시한 자유의지는 타자에게 피해를 끼칠 수 있는 원인이 됨으로써 연기적 상태에 불안정을 조성할 뿐이다.

특히 선불교禪佛敎에서 출가자는 수처작주 입처개진(隨處作主 立處皆眞 : 가는 곳마다 주인공이 되며, 어디서나 모든 진리를 구현한다. 또는 가는 곳마다 주인이 되며 서있는 곳마다 진실하리라. 또는 어디서나 제 안의 주인공을 잃지 않으면 어디에 처하든 참되리라.)에 따라서 주인공主人公으로서 자유의지를 매우 중요시한다.

서암 화상은 날마다 자신에게 "주인공!"하고 부르고, 스스로 "예"하고 대답했다.[10] 여기서 주인공主人公은 주객主客의 상대를 초월하고, 시공時空의 제약을 벗어나 생사生死에 구속되지 않는 '참된 자기[眞人 : 아라한]', '본래인本來人', '본래면목眞面目', '절대주체'의 '참된 자기[眞人]', '진아眞我' 등으로 본다.

09 『현상학이란 무엇인가』: 피에르 테브나즈, 김동규 옮김, 그린비, 2012, 94쪽 무문관
10 『무문관 참구』: 장휘옥·김사업 제창, 민족사, 2012, 118쪽

연기적 세계에서는 우주만유가 연기의 존재이법存在理法인 연기적 불성佛性을 지니고 있다. 인간에도 이러한 연기성이 원초적으로 내재하지만 깨끗지 못한 염오染汚의 생멸심生滅心 때문에 밖으로 잘 드러나지 못할 뿐이다. 위에서 말한 주인공이란 바로 자신에 내재된 연기성緣起性 즉 불성佛性, 진여眞如, 여래如來 등을 뜻한다. 수행을 통한 불성佛性의 발현이 곧 참다운 주인공, 본래인本來人의 드러남이다. 그래서 '주인공'이나 '본래인'이란 연기적 진리인 불성의 다른 표현이다. 진리는 연기적 관계에서 나타나는 것이지 주관적인 것으로 정의되는 것이 아니다. 따라서 주인공이나 본래인이란 개인 중심적인 것이 아니라 만유와의 효율적 연기적 관계를 기반으로 한 우주적 진리의 표현이다.

20세기 들어서 연기적 관계를 무시한 자유의지의 중요성은 개인중심에서 다수多數의 복수성이 인정되면서 사라지는 추세를 보이기 시작했다.

연기의 양면성에 따르면 자유와 구속은 별개의 것이 아니라 서로 연기적 관계를 지니는 것이다. 즉 자유란 구속이 있기에 존재하고, 구속은 자유가 있기에 존재한다. 따라서 자유는 구속에 의해 규정되고 그리고 구속은 자유에 의해 규정된다. 이런 관점에서 자유와 구속은 근본적으로 동일한 것이다. 결국 연기적 세계에서 자유의지란 구속의지에 의해 규정된다는 것이다. 즉 연기적 구속이 없는 자유는 애초부터 존재하지 않는다. 따라서 내면적 구속이 없는 경우에는 타자에게 직접적이나 간접적으로 피해를 끼칠 수 있게 된다. 이런 관점에서 자유의지를 인간중심이 아니라 우주만유의 연기적인 존재론적 관점에서 살펴보아야 한다.

04

인연과

인과 因果

인연因緣에서 인因은 결과를 부르는 직접적 원인이고, 연緣은 간접적 원인이나 조건, 또는 원인과 결과에 해당한다. 대승불교大乘佛敎에서는 인연을 연기의 상의상관相依相關으로 본다. 즉 모든 현상은 단독으로 존재하는 것이 아니라 반드시 여러 가지 원인이나 조건들에 의해 성립한다는 것이다. 인연법因緣法은 인연의 도리로서 대승에서는 연기법緣起法이라 한다.

간략하게 말하면 어떤 것이라도 일으키는 것을 인因이라 하고, 그 일어난 것을 과果라고 한다. 결국 인과因果는 원인과 결과로서 원인(原因 : 因緣)이 있으면 반드시 결과[果]가 있고, 결과가 있으면 반드시 원인이 있다는 것이다. 그래서 선악善惡의 행위에는 반드시 과보果報가 따른다고 보는 도리이다.

인과응보因果應報란 모든 것을 인과의 법칙이 지배한다는 것으로 좋은 원인에는 좋은 결과가 생기고, 나쁜 원인에는 나쁜 결과가 반드시 생긴다는 것이다. 이 경우에는 마치 나쁜 짓을 하면 반드시 죄를 받기를 고대하고 있는 것처럼 보일 수도 있다.

단순한 경우에는 나쁜 짓을 하면 반드시 죄를 받는 것을 보게 될 수도 있다. 그런데 복잡한 현대 사회에서 과연 인과법이나 인과응보가 제대로 적용될 수 있을까?

현대에는 원인과 결과가 다양한 연기적 관계로 서로 얽혀서 일어나기 때문에 인과법이 특정한 개인에 적용될 수 있는 것이 아니라 연기집단의 구성원 전체에 연관된다. 『잡아함경』에서 "업業을 지은 자와 그 과보果報를 받는 자가 같다면 상견常見에 떨어지게 되고, 업을 지은 자와 그 과보를 받는 자가 다르다면 단견斷見에 떨어지고 마느니라."라고 했다. 상견과 단견을 여의는 것이 중도中道이다.

이런 관점에서 보면 선인善人에는 선과善果가, 악인惡人에는 악과惡果가 생긴다는 것도 실은 중도에 어긋나는 생각이다. 왜냐하면 선과 악은 동전의 양면처럼 비동시적非同時的 동거성同居性으로서 연기적 관계를 이루므로 선과 악 모두에 실은 진리가 내포되어 있기 때문이다. 그러므로 어느 한 극단에 치우치는 것은 바람직하지 못하다.

불교에서는 인과응보론因果應報論을 진리처럼 신봉하는 경향이 있다. 그러나 인과응보론은 일종의 운명론運命論으로 연기적 발전성을 부정한다. 인과는 연기관계에서 이루어지는 것으로 다수의 연기관계에 연관되므로 어느 특정한 개체나 사건에 국한되는 것이 아니다. 왜냐하면 집단의 구성원 사이에서는 연기적 관계가 항상 동시적이며 복합적이고 다양한 형태로 일어나므로 어느 특정한 사람이나 집단에게 원인을, 그리고 어느 특정한 사람이나 집단에게 결과를 전가시킬 수 없기 때문이다. 인과응보론이 진리라면 세계 2차대전을 일으킨 독일과 일본은 그 업보로 망해야 한다. 그러나 현실은 오히려 그 반대이다. 이처럼 극히 제한적인 경우를 제외하고는 보편적인 다수의 복잡성에 따른 연기관계에서는 인과응보론이 반드시 적용되기는 어렵다.

05

12 연기와 윤회 輪廻

연기를 흔히 한 개체에 대해 12가지의 연기로써 생주이멸生住異滅을 논한다. 이를 살펴보면 다음과 같다.

첫째, 무명無明은 미혹의 근원인 무지無知이다. 여기서 무지란 연기를 모르고 아집(我執: 나에 대한 집착)과 법집(法執: 사물에 대한 집착)에 빠지는 것이다.

둘째, 행行이란 무명(無明: 無知)으로 인하여 일어나는 의지적 행위이며,

셋째, 식識은 행(行: 意志)으로 인하여 생기는 의식작용이다.

넷째, 명색名色은 식(識: 意識)으로 인하여 생기는 이름만 있고 형체가 없는 마음[정신]과 형체를 지닌 물질 즉 육신이다.

다섯째, 육처六處는 명색 때문에 생기는 5가지 감각기관[眼·耳·鼻·舌·身]과 의식이며,

여섯째, 촉觸은 육처로 인하여 생기는 접촉에 의한 정보 수집이고,

일곱째, 수受는 촉으로 인하여 생기는 외부로부터 받아들

이는 감각(感覺 : 苦·樂 등)이다.

여덟째, 애愛는 수로 인하여 생기는 애욕으로 고통을 피하고 즐거움에 집착함이며,

아홉째, 취取는 애(愛 : 愛慾)로 인하여 생기는 취착심取着心 또는 집착이고,

열 번째, 유有는 취(取 : 執着)에 의한 업(業 : 行爲)의 형성으로 생기는 생존生存이며,

열한 번째, 생生은 유(有 : 존재의 상태·업의 형성)로 인한 태어남의 발생이고,

열두 번째, 노사老死는 생(生 : 태어남)에 의해 늙어서 죽는 것이다.

이상에서 무명, 애, 취는 미혹(迷惑 : 사물과 이치를 잘 몰라 사리에 밝지 못함)에 해당하며, 행과 유는 업에 해당하고, 나머지 식, 명색, 육처, 촉, 수, 생, 노사는 고(苦 : 苦痛)에 해당한다. 다음 생을 받는 것은 바로 행[무지에 따른 행위]과 유有에 의한 것으로 본다.

삼세인과설三世因果說에 따르면 12연기 중의 무명·행(無明·行 : 과거의 인)에 의해 식·명색·육입·촉·수[현재의 과보]를 받고, 애·취·유[현재의 因]에 의해 생·노사[미래의 果]를 받는다고 본다. 이것은 과거·현재·미래의 3세에 걸쳐 인과의 연쇄가 존재한다는 것으로 과거의 인에 의하여 현재의 과를 받고, 현재의 인에 의하여 미래의 과보를 받는 것을 말한다. 여기서는 과거의 무명의 인에 의해 현재의 과를 받고 그리고 미래

의 생生과 노사老死의 과를 받는다면 윤회에서 무명의 연속으로 해탈을 이루어지 못하는 난점이 있다.

결국 12연기는 개체의 외부 정보에 대한 반응 및 그에 따른 정신적 변화에 연관되는 개인적 연기로서 세속 연기이다. 보통 연기라고 하면 12연기를 생각한다. 그러나 석가모니 부처님이 밝은 불안佛眼으로 발견한 연기는 우주만물의 궁극적 진리를 상대로 하는 제일의(第一義 : 궁극적 진리)의 연기이지 단순히 인간의 12연기에 국한된 것은 아니다.

12연기에서 식識은 유(有 : 生存·존재의 상태)의 조건이며, 유는 다음 생(生 : 태어남)의 조건이므로 결국 식識이 윤회한다는 것이 대승불교大乘佛教의 견해이다. 이에 대해 소승불교小乘佛教에서는 영혼이 윤회한다고 본다. 12연기는 처음부터 무명이라는 부정적 측면에서 시작한다. 그래서 번뇌 망상을 여의지 못하면 사후에 다시 몸을 받아 태어나는 윤회의 굴레를 벗어날 수 없다. 그러나 무명이 없는 긍정적 연기의 세계에서는 번뇌 망상을 여윔으로서 윤회하지 않게 된다.

생生의 윤회전생輪廻轉生을 4기로 나눈 것을 사유四有라 한다. 중유中有는 전생과 금생 또는 금생과 내생의 중간에 있는 몸[識]으로 49일 동안 생生을 받지 못하고 떠도는 기간이다. 생유生有는 중유에서 떠돌던 식識이 어떤 몸에 들어가 생명이 탄생되어 금생을 시작하는 것이다. 본유本有는 나서부터 죽을 때까지의 몸[識]이다. 사유死有는 금생의 마지막 몸으로 목숨이 끊어지는 찰나이다. 윤회는 이러한 사유四有를 통해서 이루어진다고 본다.

석가모니 부처님은 『잡아함경』에서 "마음을 혼란스럽게 하는 것을 가지고 있으면 윤회하게 되고, 그런 것이 없으면 윤회하지 않느니라. 마치 불에다 기름을 부으면 불길이 솟아오르고 기름이 없으면 불길이 솟지 못하는 것과 같으니라."라고 하면서, "이 몸을 버리고 다른 몸 으로 태어나는 경우에는 집착이 기름이 된다고 말할 수 있다. 정말로 집착은 윤회에 있어서 기름이니라."라고 했다. 그리고 "이 몸을 버리고 다른 몸으로 태어나는 경우에는 집착이 기름이 된다고 말할 수 있다. 정말로 집착은 윤회에 있어서 기름이니라. …바라문이여, 누구라도 재생再生의 태속으로 들어가는 것을 완전히 끊어버려야 할 것이오. 그런 점에서 나를 윤회에 반대하는 사람이라 말할 수 있소."라고 했다. 결국 석가모니 부처님은 윤회를 반대한 사람이다.

『수타니파따』에서 "육신과 마음이란 의식이 사라진 자에게는 더 이상 헤아릴 기준이 없다. 그에게 더 이상 이렇다거나 저렇다고 말할 수 있는 그 무엇이 없다. 모든 것들이 없어졌을 때 논쟁할 모든 것들 또한 없어지는 것이다."라고 했다. 죽어서 의식이 사라진 자에게 영혼의 존재 여부를 논쟁한다는 것은 의미가 없다는 뜻이다. 결국 영혼이 있다는 것은 상견常見이고, 영혼이 없다는 것은 단견斷見이다. 우리는 아직 영혼의 실체를 모르기 때문에 상견과 단견의 양극단을 여의고 중도中道를 취함이 마땅할 것이다.

그리고 『쌍윳따 니까야』에서는 "완벽한 통찰력에 의해 사물을 있는 그대로 보는 사람은 아득히 먼 과거를 헤아리지 않는다. 지나간 과거를 헤아리지 않으므로 아득히 먼 미래를 헤아리지도 않는다. 과거나 미래에 대하여 헤아리는 것이 없으므로 그에게는 완강한 외고집도 없다. 무엇인가에 대하여 매달리는 집착이 없으므로 그의 마음은 육신에서 떠났고, 감각·지각·의지·의식에서 떠났으며, 번뇌의 집착으로부터 해방되었다. 이러한 해방에 의해 그 마음은 흔들리는 일이 없다. 마음이 흔들리는 일이 없으므로 그 마음은 기쁘다. 기쁨에 충만한 마음에는 더 이상의 번뇌가 없다. 이렇게 되면 그는 더 이상 윤회의 삶을 받게 되는 어떤 조건도 없게 되었다는 것을 알게 된다."라고 했다.

제법실상諸法實相에 대해 여실지견如實知見을 갖춘 사람에게 윤회는 더 이상 의미가 없게 된다. 『원각경』에서 이르기를

> "금강장이여, 잘 들어라.
> 여래의 적멸한 성품은

시작도 마침도 없나니
만일 윤회의 마음으로써
따지면 그대로 뒤바뀌어서
윤회의 테두리를 돌뿐이요
부처의 바다에는 들지 못하리."

라고 했다. 윤회의 마음을 가지는 한 부처의 적멸(寂滅 : 번뇌의 경계를 떠남·열반)한 성품에는 이르지 못하게 된다는 것이다.

윤회사상輪廻思想은 원래 고대 바라문교에서 전래되어 온 것이지 불교에서 시작된 것이 아니다. 석가모니 부처님은 이런 윤회사상에 반대하면서 오직 번뇌에 따른 집착이 있다면 윤회하게 된다고 말한 것이다. 그런데 현대 불교에서 이런 윤회사상이 중시되고 있는 것은 석가모니 부처님의 근본 사상에 부합되지 않는 것이다. 이러한 결과는 스님들이 아무리 강조해도 중생들이 번뇌에 대한 집착을 버리지 못하는 탓일까?

06

연기관계

연기관계는 일반적으로 어떤 매체를 통해 서로 간에 일어나는 주고받음의 의존적 관계이다. 즉 인간과 인간 사이, 인간과 자연(自然: 우주만유) 사이 그리고 자연과 자연 사이의 주고받음이 일반적인 상호 의존적 연기관계이다. 우리는 인간과 인간 사이뿐만 아니라 우주만물과 연속적인 연기관계를 맺고 있다. 따라서 연기관계는 단순한 두 개체 사이의 상대적 관계가 아니라 우주만물이 동시에 연관되는 전일적全一的이고 시스템적인 관계이다. 만물의 시간과 공간적 변화는 연기적 관계 때문에 일어나는 현상이며 그리고 이러한 연기관계는 인간의 인식에 무관하게 무시이래無始以來로 이어지고 있다. 이 세상에서 연기관계가 없는 것은 어떤 것도 존재하지 않는다.

일반적으로 연접적連接的 연기는 가까이서 일어나는 적극적 연기관계이고, 이접적離接的 연기는 멀리 떨어져 일어나는 소극적 연기관계로써 그 영향은 비교적 약하다. 세상에서 어떤 것이든 연접적 연기관계나 이접적 연기관계를 벗어나는 것은 존재하지 않는다.

　　　지상의 각 개체는 지상의 만물과 연기적 관계를 맺고 있으며 또한 지구 바깥의 여러 천체들과 이접적 연기관계를 맺고 있다. 이처럼 우주 내 만물은 연기적 그물에 서로 얽매여 있는 셈이다. 그래서 한 곳의 그물코에 영향을 주면 그 영향이 전 우주적으로 사방으로 퍼져나가게 된다. 이런 연기적 그물망을 불교에서는 우주인드라망[우주적 그물망]이라 부른다.

스피노자는 "인간이 자연의 일부가 아니라는 것은 불가능하며, 또한 인간이 오로지 자기의 본성에 의해서만 이해될 수 있는 변화, 곧 자신이 타당한 원인이 될 만한 변화만을 받아들인다는 것은 불가능하다."[11]라고 하면서 "인간은 항상 열정에 필연적으로 예속하며, 또한 자연의 공통된 질서를 따르고 그것에 복종하며, 사물의 본성이 요구하는 만큼 그것에 적응한다."라고 했다. 이것은 인간이 자연의 한 구성원으로써 자연 만물과 더불어 무위적 연기관계를 이어가고 있음을 뜻하며 그리고 이런 관계는 사물의 본성本性이라는 것이다.

한편 바디우는 존재와 질서에 대해 존재의 진리에 접근하기 위해서는 대상과 결별해야 한다고 했다. 그리고 그는 '모든 진리에는 대상이 없다.'라고 단언한다. 이제 주체성은 대상과 결별하고 '대상 없는 주체의 길'을 따르게 된다는 것이다.[12] 그래서 '진리의 탈대상화脫對象化와 주체의 탈대상화'를 포섭包

11　『에티카』: 스피노자, 강경계 옮김, 서광사, 2012, 250쪽

12　『철학을 위한 선언』: 알랭 바디우, 서용순 역, 도서출판 길, 2010, 29쪽, 34쪽

攝한다. 대상을 단일한 주체(主體 : 個體)로 보고 이로부터 진리를 찾는다면 이것은 극히 제한적인 진리일 뿐이다. 그러나 '대상이 없다'는 것은 '특정 대상을 상대로 하지 않고 집단 전체'를 대상으로 한다는 것으로써 '대상이 없는 존재'에 대한 진리 추구는 곧 우주만유에 대한 연기적 진리 추구로 볼 수 있다. 이처럼 바디우는 개체보다 다수의 전체(全體 : 집합 또는 집단)를 통해서 진리를 추구하고자 한다. 이것이 바로 '진리의 탈대상화'로 특별한 대상을 떠난 우주만물의 연기적 진리에 해당한다.

즉 연기적 세계에서는 연기집단의 연기적 특성에 의해 존재 가치나 존재의 진리가 규정되므로 특별한 어떤 대상을 상대로 진리를 규명할 수 없다. 이런 관점에서 만물에 대한 연기적 진리의 규명을 '진리의 탈대상화'또는 '주체의 탈대상화'로 볼 수 있다. 여기서 후자의 탈주체화란 곧 탈자아脫自我로서 무자성無自性에 이름을 뜻한다. 이것은 연기관계를 위한 필수 조건이다.

바디우는 일자一者를 부정하고 존재하는 것은 본질적으로 다수多數일 뿐이라고 주장한다.[13] 이것은 "사물들의 관계나 사물들의 모습들의 관계는 언제나 우리들의 신체에 의해 매개 되어있고, 자연 전체는 우리 자신의 삶의 연출이요, 일종의 대화 속에 있는 우리의 대화자對話者이다."[14]라고 하면서 '세계-에로의-존재'를 강조한 메를로-퐁티의 사상과 같은 맥락이다.

또한 '존재-로서의-존재'란 것도 실은 연기는 존재이

---

13 『철학을 위한 선언』 : 알랭 바디우, 서용순 역, 도서출판 길, 2010, 31쪽
14 『지각의 현상학』 : 메를로-퐁티, 류의근 옮김, 문학과 지성사, 2008, 480쪽

고 존재는 연기이므로 '만유의 존재는 연기적-존재-로서의-존재'임을 뜻한다. 즉 '연기적-존재-로서의-존재'는 우주만물의 존재이법存在理法에 해당한다.

한편 아인슈타인은 인간은 생각하고, 느끼고 행동하는 데서 자유로운 것이 아니라 별의 운동에서처럼 인과적으로 얽매여있다고 했다. 이것은 만물이 상의적 수수관계로 서로 얽매여 있는 우주적 연기의 세계를 강조한 것이다.

상호 의존적 관계는 일반적으로 두 개체 이상의 집단에서 일어나며, 불법佛法은 이러한 연기법을 근본 바탕으로 한다. 따라서 불법의 세계는 연기적 세계이다. 이런 관점에서 어떠한 내용이 연기법으로 설명되지 않으면 그것은 불법을 벗어나는 것으로 볼 수 있다. 소승에서는 개인연기[12연기]를 중시한다. 개인연기는 소극적 연기를 뜻하는 것에 비해 대승에서는 다수의 연기집단인 화엄세계華嚴世界를 중시한다. 그래서 대승大乘이라는 우주적 수레에 우주만물 모두가 함께 타고 가는 것이다.

연기관계는 일반적으로 동적動的 관계성이다. 왜냐하면 연기는 연속적으로 서로 에너지를 주고받는 관계이므로 정지된 정적靜的 상태가 아니라 항상 움직이는 동적動的 상태를 유지하게 된다. 따라서 연기적 세계에서는 만물이 운동하며 움직이는 세계이다. 비록 정적 상태에 머문다 해도 이런 상태는 연기적 관계에 의해 곧 동적 상태로 바꾸어진다. 그래서 움직임 속에 고요함이, 고요함 속에 움직임이 있는 동정일여動靜一如함이 연기의 특성이다. 이처럼 연기관계는 시간과 공간적 변화를 이끌어낸다. 이것이 바로 제행무상諸行無常이고 제법무아諸法無我인 것이다.

사물들 사이의 연기관계는 연속적으로 일어난다. 그래서 한 개체의 연기적 변화도 연속적으로 이어지게 된다. 이런 연속적인 연기적 변화에서는 생生이면 멸滅이고, 멸이면 생으로 생멸이 연속적으로 이어진다. 그래서 연기적 세계에서는 특별히 생이란 것도 없고 특별히 멸이라는 것도 없게 되는 불생불멸不生不滅의 중도적中道的 경지에 이른다.

연기작용은 만물 사이에서 동시적으로 섬광처럼 빠르게 광범위하게 일어난다. 따라서 자연은 언제나 가변적可變的이며, 개체들과 집단들에 의해서 개조改造되고, 구성構成되고, 재구성再構成되며 진화한다. 이런 점에서 연기적 세계에서는 전체적 관념과 부분들의 통일성이 추구된다. 그리고 인간이 연기緣起를 이끄는 것이 아니라 연기가 인간을 이끌어 간다. 그래서 인간은 만물의 연기적 관계에 얽매여 살아가게 된다.

자연계의 만물은 무위적 연기관계를 따르며 진화하지만, 인간계에서는 지성적知性的 의지意志에 따른 유위적[有爲: 조작된 것, 의도된 것, 제약된 것] 행에 의해 자연의 무위적 연기 관계를 벗어나려고 한다. 의지意志는 자아의 존재를 잠재적으로 인정하는 것으로써 불법에 어긋난다. 따라서 다양한 수행을 통해서 가능한 무위적無爲的으로 연기적 불법을 따르고자 노력함이 마땅하다.

연기관계에서는 보이는 것, 즉 지각知覺으로 인식되는 것과 보이지 않는 것을 두루 포함한다. 후자의 경우는 사물이나 생각에 따른 감정적인 경우이다. 예를 들면 원자나 소립자 같은 미시(微視 : 極微)세계나 우주와 같은 극대세계는 특별한 기기를 사용치 않고는 인식되지 않는 세계이다. 그리고 실제 사물과는 무관한 다양한 주관적 추론(推論, 감정적 또는 이성적)들도 연기관계에 중요한 영향을 미친다. 보이는 세계와의 연기관계는 비교적 잘 이끌어갈 수 있지만 보이지 않는 세계 즉 직접 인식되지 않거나 머릿속에서 추론적으로 생각되는 주관적 연기의 세계는 특히 많은 오류와 고통의 씨앗을 만들어 내게 된다.

07

주체와 객체
연기적

주고받는 연기적 세계에서는 주는 자와 받는 자 사이에 항상 동등한 관계가 성립해야 한다. 그렇지 않고 주는 자가 이기심에 따라서 받는 자보다 우월하다는 생각을 하게 되면 주체와 객체 사이에 불평등한 관계가 성립하게 된다. 이런 경우에는 올바른 연기적 관계가 성립할 수 없게 되므로 주체와 객체가 동등하다는 주객불이主客不二라는 평등한 관계가 성립하지 못하게 된다. 이런 주객불이의 관계는 인간과 인간 사이뿐만 아니라 인간과 자연 사이에서도 성립되어야 한다.

질 들뢰즈는 "모든 사물은 동시에 신체身體이고 정신精神이며, 사물事物이고 관념觀念이다."라고 했다.[15] 이것은 신체와 정신이 별개의 것이 아니고 동등하다는 심신불이心身不二 사상을 뜻하는 것이다. 데카르트가 '나는 생각한다. 고로 존재한다.'라고 했다. 여기서 정신은 있지만 신체는 존재하지 않는다. 이것은 신체와 정신을 별개로 보는 이원론二元論이다. 신체 없이 정신이 존재한다는 것은 불가능하다. 그래서 질 들뢰즈는 "신체

---

[15] [스피노자의 철학] : 질 들뢰즈, 박기순 옮김, 민음사, 2013, 103쪽

의 계열과 정신의 계열은 동일한 질서뿐만 아니라, 동등한 원리 아래서 동일한 연쇄連鎖를 나타낸다."[16]라는 심신불이心身不二 사상을 보이고 있다.

한편 데리다는 해체解體를 주장한다. 해체란 존재자 즉 주체와 객체 사이의 상의적 관계를 통한 개체의 정체성停滯性 상실을 뜻하는 것으로 연기적 관계의 형성을 가능케 한다. 그리고 단일 언어, 단일 민족, 단일 문화 등 단일성單一性을 해체하고자 한다.[17] 이것은 모두가 집단 연기성에 따라서 독립된, 고정된 고유성을 부정하며, 복수성에 의한 주객불이主客不二한 집단 연기성의 주장으로 볼 수 있다.

그리고 스피노자는 "인간은 자기의 유有를 유지하기 위해서는 모든 사람이 모든 것에서 일치하는 것, 모든 사람의 정신과 신체가 하나가 되어 마치 하나의 정신과 하나의 신체를 구성하여 모든 사람이 동시에 가능한 한 자신의 유有의 유지에 노력하고, 모든 사람이 동시에 모든 사람에게 공통된 이익을 추구하는 것보다 더 가치 있는 어떤 것도 바랄 수 없다."[18]라고 했다. 이것은 몸과 마음이 하나인 심신일여心身一如로 조화로운 연기적 관계를 유지하는 것이다. 스피노자는 이를 '이성理性의 명령'이라고 했다.

일반적으로 연기적 세계는 물物과 심心이 하나 되는 물심불이物

16　[스피노자의 철학] : 질 들뢰즈, 박기순 옮김, 민음사, 2013, 105쪽
17　『How to read 데리다』: 페넬로페 도이처, 변성찬 옮김, 웅진, 2007, 102쪽
18　『에티카』: 스피노자, 강경계 옮김, 서광사, 2012, 262쪽

心不二의 상호 연기적 관계가 이루어지는 세계이므로 여기서는 어떤 일정하게 고정된 준거가 존재할 수 없게 된다. 그래서 용수龍樹의 『대지도론大智度論』의 게송에서

> "온갖 모든 법 가운데는
> 다만 마음과 물질이 있다.
> 만약 진실하게 살피려하면
> 마음과 물질을 살펴야한다.
> 비록 어리석은 마음이 생각 많아
> 이 밖의 다른 일을 분별하지만
> 마음과 물질 벗어난 법은
> 다시 한 법도 있지 않도다."[19]

라고 하는 것이다. 이처럼 연기적 세계에서는 주체와 객체가 동등한 주객불이主客不二의 관계가 성립한다.

한편 바디우는 "나는 철학의 가능한 재탄생에 비추어 '대상 없는 주체'의 문제를 중심으로 삼는다."[20]라고 하면서 진리眞理의 탈대상화脫對象化와 주체主體의 탈대상화脫對象化를 주장했다. 연기적 세계에서는 특별한 주체나 특별한 객체[對象]도 없이 모두가 주객불이主客不二로 동등하다. 이런 관점에서 특별한 주체나 대상도 없이 모두가 동등한 존재이므로 바디우의 말처럼 주체의 탈대상화脫對象化를 말할 수 있다. 또한 진리의 탈대상

19 『아함경 −7권』: 학담, 한길사, 2014, 21쪽
20 『철학을 위한 선언』: 알랭 바디우, 서용순 역, 도서출판 길, 2010, 136쪽

화도 연기의 세계에서는 연기집단의 연기적 특성에 의해 존재 가치나 존재의 진리가 규정되므로 특별한 어떤 대상을 상대로 진리를 규명할 수 없다. 이런 관점에서 만유에 대한 연기적 진리의 규명을 '진리의 탈대상화' 또는 '주체의 탈대상화'로 볼 수 있으며, 이것은 주체와 객체가 동등하다는 주객불이 사상을 뜻하는 동시에 존재는 본질적으로 다수多數라는 것이다. 이것은 곧 존재는 연기적緣起的이란 뜻이다.

또한 바디우는 "인간이 주체가 되고 세계가 대상이 된다는 사실은, 전면화全面化되고 있는 기술의 본질이 낳은 결과일 뿐이다."[21]라고 하면서 "기술은 무사유無思惟를 절정으로 이끈다. 왜냐하면 사유思惟는 단지 존재에 대한 사유일 뿐이고, 존재자를 엄격히 숙고할 때 기술은 존재의 퇴각이라는 최종적인 운명을 갖기 때문이다."[22]라고 했다. 나아가 "기술의 전지구全地球的 지배는 철학을 종식시킨다. …왜냐하면 기술과 관련하여 철학은, 더 정확히 말해서 존재의 힘과 관련하여 철학이 보유하고 의미하던 것은 지구를 황폐화하려는 의지로써 완성되기 때문이다."라고 했다. 결국 기술은 객체의 존재를 중시하지 않는 인간중심적인 생존의 수단인 동시에 기술과 결합된 자본주의는 철학적 사유를 종식시킬 뿐만 아니라 궁극적으로 자연을 파괴하면서 인류를 멸망으로 이끌게 될 것이라는 것이다.

일찍이 프랑스 철학자 앙리 베르그송은 20세기 초에 "……인

---

21 『철학을 위한 선언』: 알랭 바디우, 서용순 역, 도서출판 길, 2010, 73쪽
22 『철학을 위한 선언』: 알랭 바디우, 서용순 역, 도서출판 길, 2010, 74쪽

류는 자신이 성취해낸 진보의 무게에 짓눌려 신음하고 있다. 자기 스스로가 미래를 좌우하고 있다는 사실을 모르고 있는 것이다. 인간은 스스로를 위해 무엇보다도 먼저 마음의 결정을 내려야한다. 계속 살아남아야할 것인지 아니면 사라져버릴 것인지에 대한 결정을."하도록 경고한 바 있다.

주체에 대하여 하이데거는 다음과 같이 말했다. "우리 시대는 '주체성主體性이 그것의 완결로 나아가는' 시대이며, 따라서 사유思惟는 지구의 파괴적 대상화에 다름 아닌 '완결'의 너머에서만 완성될 수 있고, 주체의 범위는 해체되어야 하며 형이상학의 최후의 (엄밀히 말하면 근대적인) 구현으로 간주되어야 한다. 또한 주체의 범위를 중심적 장치로 삼는 합리적 사유의 철학적 기제(機制 : 인간의 행동에 영향을 미치는 심리작용이나 원리)는 이제 그 기제를 기초 지은 것[존재]에 대한 끊임없는 망각에 사로잡혀 있다. 그리하여 '몇 세기 이래 이처럼 칭송받아 온 것, 즉 이성理性의 사유思惟의 가장 끈덕진 적대자敵對者라는 것'을 우리가 배우게 될 때에만 비로소 사유가 시작될 것이다."[23]라고 했다. 즉 주체나 주체성의 주장은 객체와의 상대적 관계로서 서로 분별적 개념을 지니게 된다는 것이다. 이런 경우는 만유의 상호 의존적인 연기관계가 무시되는 경쟁적 관계로 이어지게 된다. 하이데거는 이런 관점에서 탈주체화를 주장한 것이다.

스피노자는 "인간은 전체 자연의 일부이며, 인간의 본성本性이

---

[23] 『철학을 위한 선언』: 알랭 바디우, 서용순 역, 도서출판 길, 2010, 67쪽

044

자연의 법칙에 복종하도록 강요받고 또 인간 본성은 무한한 방식으로 자연에 순응하도록 강요받는다고 생각하는 경우에 악惡이 인간에게 생길 수 있다."[24]라고 하면서 "우리들은 자연에서 인간 말고는 우리들이 즐길 수 있는 자연의 어떤 것도, 또 우리들이 그것과 우정 또는 어떤 종류의 교제를 맺을 수 있는 어떤 개물(個物 : 個體)도 자연의 정신 속에서 찾지 못한다. 따라서 우리들의 이익을 고려하는 이성理性은 인간 이외에 자연에 존재하는 모든 것의 유지를 요구하지 않는다. 오히려 이성은 그것들을 다양한 용도에 따라서 보존하거나 파괴하며 또는 모든 방법으로 우리들의 필요에 적응하도록 우리들을 가르친다."[25]라고 했다.

인간이 객체인 자연 만물과 무관하게 우월적 존재자로 자연을 마음대로 이용하고 파괴할 수 있는 권리를 가진 것으로 보는 태도는 주객불이主客不二 사상에 어긋나는 것으로서 만유의 연기적 삶을 파괴하는 그릇된 행위를 유발하게 된다. 스피노자는 인간중심적 이성理性이 자연과의 조화로운 연기적 관계를 저해하는 요인으로 생각한다. 따라서 올바른 연기적 세계를 펴기 위해서는 인간의 이성이 주체와 객체가 동등하다는 주객불이主客不二 사상을 바탕 으로 해야 한다.

24 『에티카』: 스피노자, 강경계 옮김, 서광사, 2012, 316~317쪽
25 『에티카』: 스피노자, 강경계 옮김, 서광사, 2012, 322쪽

08

연기와 학문

모든 학문學文은 근본적으로 주고받음의 연기관계를 다룬다. 따라서 학문은 궁극적으로 연기와 보편타당한 진리를 근본으로 하는 이법을 따른다. 즉 모든 학문은 연기법의 세계를 대상으로 한다. 예를 들면 아래와 같다.

사회학 : 주고받음의 질서
경제학 : 주고받음의 효율성
정치학 : 주고받음의 분배 규칙
윤리학 : 주고받음의 당위성
법학 : 주고받음의 정당성
사학 : 주고받음의 역사
철학 : 주고받음의 본질 규명
공학 : 주고받음의 응용적 효율성
의학 : 주고받음의 물심적 순환관계
자연과학 : 주고받음의 자연적 질서

결국 모든 학문은 연기법으로 통섭統攝됨을 알 수 있다.

연기법은 서로 주고받는 상호 의존적 관계의 이법이다. 인간이 만든 모든 학문은 서로 간에 연기적 관계를 이루는 통합적인 것으로 그 근본은 인간을 포함한 자연의 존재와 진화의 이법을 추구하며 실제 생활에서 그 이법을 따르며 실천하는 것이다. 여기에는 보편타당한 객관적 사실(fact)에 대한 지식과 이들 지식들 상호간의 연기적 관계를 통해서 형성되는 인간 행위에 관련된 타당한 지혜智慧와 감성感性이 함께 내포된다. 따라서 각 학문은 그 적용 영역에서 차이가 존재할 뿐이지 근본적으로는 만유의 존재이법存在理法과 삶의 가지 추구에 연관된 공통적인 연기적 탐구의 목적을 지닌다.

그러므로 만유의 연기적 관계에서는 과학이 근본이라는 과학주의科學主義나 철학이 근본이라는 철학주의哲學主義와 같은 특정한 영역에 국한된 폐쇄적인 주장이나 주의主義는 존재할 수 없다. 또한 물질이 근본이라든지 정신이 근본이라는 한 극단에 치우치는 것도 그릇된 생각이다. 왜냐하면 정신 작용은 물질에 근거하며 그리고 정신 작용에 따라서 인간 물질의 구조나 순환이 조절될 수 있고 그리고 인간 행위가 실험이나 관측 대상에 영향을 끼칠 수 있기 때문에 물질과 정신은 상호 연기적 의존관계를 지니면서 외부 반응에 순응하고 적응하며 진화해 간다.

일반적으로 종교는 절대자나 신비적인 초월자를 무조건적으로 신앙하면서 기원祈願과 기복祈福을 바라고 그리고 내세來世

에 좋은 곳으로 가고자 하거나 또는 불가사의한 신비적 깨달음의 성취라는 가정假定의 소망에 근거하여 생기는 순수한 정신적 세계에 국한된 믿음을 근본으로 한다. 따라서 종교는 보편타당한 객관적인 진리 추구를 위한 학문으로 분류될 수 없다. 만약 종교가 객관적인 진리 추구를 위한 학문으로써 기여코자 하려면, 종교가 타 학문들과 밀접한 연기적 관계를 지녀야 한다. 그런데 우주만물의 창조와 진화를 주재하는 절대자나 초월자를 가정하는 한 우주만유의 변화의 이법인 연기법을 따를 수 없게 된다. 또한 불가사의한 깨달음을 추구하는 경우에도 보편적인 연기법의 적용이 불가능하다. 그러나 보편적이고 평등한 연기법을 근본으로 하는 불법佛法은 타학문과 상호 연관된 통섭적統攝的 관계성關係性을 유지한다.

일반적으로 학문의 기본은 열린 시공간에서 어떠한 기존의 제약도 없이 존재자들 사이에서 일어나는 무위적인 상호 의존적 연기관계의 이법을 추구하고 그리고 이러한 연기적 이법에 따라서 만유와 더불어 삶의 가치와 존재가치를 올바르게 구현하는 데 그 목적이 있다. 여기서는 인간중심적이 아니라 연기적인 자연주의적自然主義的 사상思想을 근본으로 함으로써 우주만유의 이법을 주재하는 절대자絶對者나 신神의 존재에 대한 전제 조건이 필요치 않게 된다.

　　만약 절대자나 신의 존재를 가정하는 종교를 타 학문처럼 보편타당한 진리 추구의 분야로 취급하고자 한다면 절대자나 신들도 인간을 비롯한 자연 만물과 상호 의존적인 연기적 관계를 따라야 한다. 그래서 인간이나 자연 만물이 연기적 이법에 따라서 진화를 하듯이 절대자나 신들도 연속적인 연기적 변화의 과정을 반드시 따라야 한다. 만약 이러한 연기적 변화를 거부하고 절대성絶對性이나 완전성完全性을 주장한다면 보편타당한 객관적 진리 추구는 불가능하게 된다.

　　고정불변의 깨달음을 추구하는 특수성의 경우에도 마찬가지로 객관적인 보편적 진리 추구와는 거리가 멀어지게 된다. 이처럼 연기적 세계에서는 불변不變의 절대성絶對性을 가정하는 한 절대자에 의해 이루어지는 모든 자연 현상이나 인간의 진화가 보편타당한 과학적 방법으로 설명되기는 불가능해진다.

일반적으로 자연과학, 사회과학, 인문과학 등에서 언급되는 과학은 보편타당한 객관적 진리 추구를 뜻하는 것이지 결코 물리, 화학, 생물, 천문학, 지구과학 등등에서 언급되는 자연과학의 범주에 국한되는 것이 아니다. 이처럼 일반적으로 광의廣義의 과학은 물질과 정신 모두를 아우르며 보편타당한 객관적 진리를 추구하는 모든 학문 분야를 의미한다.

　　흔히 자연과학이라고 하면 정신이 배제된 순수 물질에 연관된 학문 분야로 보는 경향이 보통이다. 그래서 자연과학은 오직 자연에 대한 물적物的 지식知識을 추구할 뿐이며 정신적인 감성感性이 배제된 분야로 보는 것이 일반적 경향이다. 만약 사물에 대한 지식만을 추구하고 감성적感性的인 정신세계가 배제될 경우에 그 지식은 권위적인 오만傲慢을 낳기 쉽고 그리고 나아가 과학기술과 더불어 정신세계의 파괴를 유발할 수 있는 위험성을 내포하게 된다. 그러나 자연과학도 실은 타 분야의 학문과 긴밀한 상호 연기적 관계를 지니므로 이들의 다양한 지식들 사이의 연기적 관계에서 지혜로운 심성心性이 생기면서 만유의 존재가치를 바르게 실현하는데 기여할 수 있어야 한다. 그렇지 못할 경우에는 자연과학에 생명의 존귀성이 내재하지 못함으로써 첨단기술과 더불어 인간에게 해악害惡을 끼칠 수 있고 그리고 자연 만물을 훼손하고 파괴하는 수단으로 쓰일 수 있게 된다.

따라서 모든 학문이나 믿음은 만물이 생명을 지닌다는 생명관生命觀과 상호 의존적인 연기법緣起法을 근본으로 할 때 비로소 만유의 존재 가치와 삶의 가치 구현에 바르게 기여할 수 있게 될 것이다. 여기서 언급되는 객관적 진리는 연기적 진리로써 고정된 절대적인 것이 아니라 인간의 인식 한계가 넓어지고 깊어질수록 그에 상응하여 항상 변화해 가는 진리를 뜻한다.

자연은 우연성과 불확실성을 그 속성으로 함으로 핵물리학자 존 휠러의 말처럼 "법칙이 존재하지 않는다는 법칙을 제외하면 법칙은 존재하지 않는다." 이것이 곧 연기법이며, 이를 제외하고는 이 세상에 변치 않는 진리란 존재하지 않는다. 그렇다면 종교에서 흔히 언급되는 절대자絶對者나 인격신

人格神 또는 신비적인 초월자超越者들도 역시 우연성과 불확실성을 그 속성으로 하는 자연계에서는 존재할 수 없게 된다.

아인슈타인은 "우리가 이해할 수 있는 것을 넘어선 힘에 대한 숭배가 바로 종교이다. 그런 정도까지 말한다면, 나는 실제로 종교적이다.[26] (중략) 우리가 경험할 수 있는 가장 아름다운 감정은 신비감이다. 그것은 모든 진정한 예술과 과학의 요람에 자리 잡고 있는 근본적인 감정이다. 이런 감정이 낯설어서 더 이상 경외감에 감동하고 넋을 빼앗기지 않는 사람은 죽어버린, 꺼져버린 촛불에 지나지 않는다. 경험할 수 있는 것으로부터 그런 감정을 느끼려면 우리의 정신이 알아낼 수 없는 그 아름다움과 장엄함이 간접적으로 우리에게 닿을 수 있는 무엇이 있어야 한다. 그것이 종교적이다. 그런 뜻에서 그리고 그런 뜻에서만 나는 독실하게 종교적인 사람이다."[27]라고 했다.

또한 그는 "나는 존재하는 모든 것의 법칙적 조화로 스스로를 드러내는 스피노자의 신[汎神論]은 믿지만, 인류의 운명과 행동에 관심을 가지고 있는 신은 믿지 않는다."라고 하면서 "우리가 인식할 수 있는 모든 법칙과 관계의 뒤에는 무엇인가 미묘하고, 막연하고, 설명할 수 없는 것이 있다는 것을 알게 될 것이다. 우리가 이해할 수 없는 것을 넘어선 힘에 대한 숭배가 바로 종교이다."라고 했다. 그러면서 "우주적, 종교적 느낌은 과학 연구의 가장 강력하고 가장 숭고한 원동력原動力이다."라고 했다. 이러한 아인슈타인의 종교관은 실질적인 진

26 『아인슈타인: 삶과 우주』: 월터 아이작슨, 이덕환 옮김. 까치, 2007, 455쪽
27 『아인슈타인: 삶과 우주』: 월터 아이작슨, 이덕환 옮김. 까치, 2007, 459쪽

리 추구에 바탕을 둔 신비적 현상에 대한 탐구정신이다.

한편 "정신精神은 우주의 법칙에서 발현되는 것이고, 우주의 법칙은 인간의 정신보다 엄청나게 뛰어나며, 하찮은 능력을 가진 우리가 겸손하게 느껴야만 하는 것이다. 그래서 과학의 추구는 특별한 종류의 종교적 감정으로 이어진다."[28]라고 했다. 그래서 "종교가 없는 과학은 절름발이고, 과학이 없는 종교는 장님이다."라고 하면서 "오늘날 종교계와 과학계 사이에 존재하는 갈등의 주된 원인은 이러한 인격적人格的 신神의 개념 때문이다."라고 했다.

이런 맥락에서 오늘날 특히 개신교에서 주장하는 창조론創造論이나 지적知的 설계론設計論이 연기적 현실 세계에서는 논의 대상이 될 수 없게 된다. 뿐만 아니라 객관적 타당성을 가지지 못하는 영혼의 존재나 내세來世의 세계를 신봉하는 무조건적 신앙중심의 종교 역시 건전한 연기적 사회에서는 용납되기가 어려운 것이다.

칸트는 "신神과 자유의지自由意志 등 경험에 속하지 않는 사물은 과학적 인식의 대상이 아니라 신앙의 대상이다."[29]라고 했다. 그리고 데이비드 흄은 "세계가 설계된 것으로 보인다 해서 실제로 설계되었거나 신이 그 설계자라는 주장이 따라 나올 수는 없다."[30]라고 논증했다. 두 접시저울에서 한쪽 접시가 위로 올라가는 것을 보고, 다른 접시에 무거운 것이 올라 있다는 것 이외는 아무런 정보[색깔, 크기, 모양 등]도 알 수

28 『아인슈타인: 삶과 우주』: 월터 아이작슨, 이덕환 옮김. 까치, 2007, 643쪽
29 『지혜를 주는 서양의 철학과 사상』: 가나모리 시게나리, 이재연 옮김, 다른생각, 2008, 159쪽
30 『철학자와 철학하다』: 나이젤 워버턴, 이신철 옮김, 에코, 2012, 125쪽

없는 것처럼 경험되는 것만으로 신에 의한 세계의 설계를 주장하는 것은 바람직하지 않다는 것이다. 뿐만 아니라 일방적인 폐쇄된 이념理念이나 주의主義는 청정한 심성心性을 지닌 젊은 세대에게 개방적인 연기적 심성을 심어줄 수 없게 되므로 선과 악의 양날의 칼을 쥔 인류라는 호모사피엔스 종種이 자연선택自然選擇의 원리에 따라서 지상에서 사라지는 위기가 초래될 수 있는 가능성을 배제할 수 없게 된다.

09

연기와 무아, 무상 無我 無常

주고받음의 연기관계에서는 어떠한 것도 고정된 정체성正體性을 가질 수 없이 변화한다. 이러한 개체의 정체성 상실 때문에 무아無我라 하며, 항상[常]함이 없기 때문에 무상無常이라고 한다. 연속적 연기관계에서 일어나는 정체성의 상실을 공空 또는 연기공緣起空이나 필연공必然空이라 한다.

　『반야심경』에서 나타나는 '색즉시공色卽是空 공즉시색空卽是色'은 연기의 세계에서 일어나는 무상無常과 무아無我에 연관된 연기공緣起空을 뜻하는 것이다. 즉 연기관계에서 만물은 자성自性의 상실로 무상, 무아의 연기공[색즉시공]이 되며, 연기공은 변화하는 만물의 존재[공즉시색]를 뜻한다는 것이다. 결국 '색즉시공 공즉시색은' 연기적 이법의 본체를 나타낸다. 색色을 속제(俗諦 : 現象界), 공空을 진제(眞諦 : 本體界)로 보는 경우에도 색즉시공 공즉시색에서 속제는 진제이고 진제는 속제라는 뜻으로서 속제와 진제는 동일하다는 진속불이眞俗不二의 연기법을 나타낸다.

　연기관계에서 자성自性이 사라지면서 새로운 자성이 생

기는 변화가 계속 이어진다. 이때 지나간 자성은 그 개체의 삶의 역사를 만들어간다. 그래서 현재는 과거의 열쇠이고 또한 미래의 열쇠라고 한다. 즉 현재 상태에서 지나간 과거의 자성들의 흔적이 남아있기 때문이며, 또한 현재 상태를 봄으로써 미래의 상태를 예측할 수 있는 것이다. 그래서 눈 밝은 자는 사람이나 사물의 현재 상태를 봄으로써 지나온 과거의 역사나 다가올 미래의 상태를 예측할 수 있게 된다. 이런 관점에서 타자와의 연기관계에 따른 무아無我나 무상無常이 단순히 허무한 공이 아니라 개체의 구체적인 역사적 사실을 지니고 있는 셈이다.

석가모니 부처님이 노인, 병자, 죽음 등을 보고 인생에 대한 회의를 품고 출가했으며, 35년의 고행 끝에 성도成道를 이루게 되었다. 그러면 부처님은 성도를 통해서 출가동기에 대한 해답을 얻었는가? 그는 제법무아諸法無我와 제행무상諸行無常에서 우주만유는 항상 서로 주고받는 상의적 관계를 통해서 변화하면서 그 정체성을 잃어간다는 연기법을 터득하게 되었다. 즉『잡아함경』에서 "연기법緣起法은 내가 만든 것도 아니고 역시 다른 사람이 만든 것도 아니다. 그것은 내가 세상에 나오거나 세상에 나오지 않거나 진리의 세계에 항상 존재하고 있다. 나는 이 진리를 스스로 깨달아 정각正覺을 이루었고, 모든 사람을 위해 가르친다."라고 했다.

이처럼 연기법은 무시이래로 존재하는 것으로서『중아함경』

에서 "만일 연기를 보면 곧 법(法: 사물)을 보고, 법을 보면 곧 연기를 본다."라고 했다. 그리고 『해심밀경』에서는 "여래께서 세상에 나오시든 그렇지 않든 법성法性은 머물며, 법성이 법계에 안주한다."라고 했다. 이것은 연기법이란 법성法性은 석가모니 부처님의 출현과 무관하게 무시이래로 우주에 존재하는 것이라는 뜻이다. 이러한 연기법에 따라서 인간을 비롯한 모든 사물과 하늘의 천체 등 우주만유는 태어나서 머물다가 멸한다는 생주이멸生住異滅과 이루어진 것은 머물다가 파괴되며 사라진다는 성주괴공成住壞空을 이어 간다는 사실을 석가모니 부처님이 처음으로 밝혔다.

그런데도 우리는 하늘의 별들이 생명체로서 인간처럼 유아기, 청년기, 장년기, 노년기, 임종[31] 등을 거치면서 일생을 살아간다는 것에 대해 실감을 하지 못하는 것이 일반적 경향으로 안타까울 뿐이다. 태양의 일생의 1억 분의 1정도로 짧은 일생을 지닌 인간이 우주를 이해하지 못하는 것은 인간의 일생의 1만의 1정도로 짧은 일생을 지니는 하루살이가 인간을 이해하지 못하는 것과 다를 바 없다. 그런데도 인간이 만물의 영장일까?

빈손으로 태어난 인간은 밖에서 양식을 취하기 때문에 외물外物에 대한 집착을 버릴 수 없다. 그래서 타자와의 연기적 과정에서 자신이 잘 낫다는 등의 스스로 만들어낸 생각이나 느낌 등의 아상我相과 남보다 우월하다는 주종관계主從關係의 인

31 『별과 인간의 일생』: 이시우, 신구문화사, 1999

상人相을 가지며 그리고 오래 살고 싶고 또 죽어서 좋은 곳에 다시 태어나고 싶다는 삶에 대한 애착심인 수자상壽者相을 가지게 된다. 아상, 인상, 수자상은 모두 자신의 집착에 해당하는 아집我執이다. 한편 인간은 타자의 주장이나 의견에 맹종하거나 또는 외물에 대한 집착에 해당하는 중생상衆生相을 지닌다. 여기서 중생상이나 수자상, 윤회사상 등은 모두 아상我相에서 비롯된다. 이러한 사상四相을 여의고 가능하면 무위적으로 연기법을 따르도록 가르치는 경이 바로 『금강경』이다.

석가모니 부처님은 임종 시에 자신의 등불로 남을 비추어 자신을 보고[自燈明] 그리고 법(法 : 緣起法)의 등불로 타자와 세상을 비추어 보면서[法燈明] 올바른 연기법을 따르도록 했으며 그리고 이를 실천하기 위해서는 한시라도 방일放逸하지 않도록 당부했다. 이와 같이 석가모니 부처님은 출가 시에 품은 인간의 생生에 대한 회의懷疑를 넘어서 우주만유의 생주이멸生住異滅과 성주괴공成住壞空에 대한 연기적 이법을 밝히시고 그리고 그 방편方便을 설하신 것이다.

10

연 존
기 재
와

연기緣起는 존재자 사이에서 일어나는 상호 의존적 관계의 이법이다. 따라서 연기하지 않는 것은 존재하지 않는 것이고, 존재가 없으면 연기관계가 이루어질 수 없다. 그러므로 '연기緣起면 존재存在이고, 존재存在면 연기緣起이다.' 즉 연기법은 만물의 존재원리存在原理임을 뜻하며, 연기이면 존재이고, 존재이면 삶이다. 따라서 연기-존재-삶의 상호관계가 성립한다. 이러한 연기의 수행에서는 주는 자의 마음이 청정하고 받는 자의 마음이 청정하며 주고받는 매체도 청정한 삼륜청정三輪淸靜과 주는 자도 연기공緣起空이며 받는 자도 연기공이고 주고받는 매체도 연기공이라는 삼륜체공三輪体空의 조건을 만족하게 된다.

서양철학에서 다루는 중요한 주제는 주로 주체主體, 존재存在, 진리眞理이다. 데카르트는 '나는 생각한다. 고로 나는 존재한다.'라고 했다. 여기서 오직 정신만 지닌 데카르트는 외부 대상과 단절된 자기중심적 존재를 찾고 있다. 그러나 하이데거는 "우리는 순전한 주관적 표상(表象 : 외부 대상을 마음속에 나타내는 것)들이나 이념적 현실성(現實性 : 의식에 의해 주어진 것 을 부당하게 '현실화'하거나 실체화하는 것)을 이해하려 해서는 안 되고, 바로 '현상들'만을 이해하고자 해야 한다."[32]라고 하면서 현존재가 세계 안의 타자들에 몰입하여 거주하는 '세계-내-존재'[33]로서의 인간존재를 추구하면서 타자와의 깊은 연관성을 지닌 존재를 제시했다. 여기서 존재자存在者에서 현존재現存在로의 전환은 바로 존재자들 사이의 연기적 관계를 뜻한다.[34] 이것은 앞서 살펴본 메를르-퐁티의 '세계-에로의-존재'나 바디우의 '주체의 탈대상화脫對象化'와 '진리의 탈대상화脫對象化'같은 맥락으로 타자와의 연기적 관계성에 의한 존재와 진리의 중요성을 강조한 것이다.

그리고 니체는 "인류는 유래由來와 기원起源에 관한 질문을 의식에서 몰아내고 싶어 한다. 그 반대의 경향을 자기 속에서 느끼게 되려면 우리는 거의 탈인간화脫人間化되어야 하지 않을까?"[35] 이것은 기존의 인간중심적 문화와 철학에서 벗어나 탈자아脫自我와 탈인간화脫人間化로 나아갈 때 비로소 만유와의 평등성과 보편성을 이룰 수 있다는 것이다.

인간의 특화特化는 비인간적非人間的인 굴레이다. 이런 굴레는 자연과 더불어 사는 인류의 역사를 통해서 벗겨져야 한다. 그렇지 못하면 인류는 안정을 찾아가는 자연의 무위적 진화과정에서 종말을 맞이하게 될 것이다.

질 들뢰즈는 '비인간주의非人間主義 존재론'을 주장한다.

32 『하이데거의 존재와 시간 읽기』: 박찬국, 세창미디어, 2013, 35쪽

33 『존재와 시간』: 하이데거, 소광희 옮김, 경문사, 1998, 79쪽

34 『현상학이란 무엇인가』: 피에르 테브나즈, 김동규 옮김, 그린비, 2012, 59쪽

35 『인간적인 너무나 인간적인 I』: 니체, 김미기 옮김, 책세상, 2013, 24쪽

이 존재론은 정합적整合的인 존재론 체계의 구성에 목적이 있는 것이 아니라, 실천 철학의 토대를 제공하기 위함이다.[36] 여기서 질 들뢰즈의 '비인간주의 존재론'은 인간중심주의를 벗어나 연기법을 근본으로 하는 자연주의自然主義에 해당한다.

바디우는 "진리는 새롭고, 새롭기 때문에 드물거나 예외적인 어떤 것인 동시에, 진리에 속해 있는 것의 존재 자체를 건드리는 한, 더 안정된 것, 존재론적으로 말하면 사물의 원래 상태에 가장 가까운 것이다. …진리의 기원이 사건의 질서에 속한다는 것이다."[37]라고 했다. 여기서 진리란 특별한 예외적인 것이 아니라 연기집단의 연기적 진화에서 일어나는 모든 현상을 보편타당한 진리로 볼 수 있다. 이런 진리는 고정된 것이 아니라 시공간에 따라서 변화하는 연기적 진리이다. '진리의 기원이 사건의 질서에 속한다.'는 것은 곧 연기적 사건의 질서 자체가 진리를 나타낸다는 뜻이다. 그리고 '사물이 원래의 상태에 가장 가까운 것이다.'라는 것은 민유의 연기적 존재는 항상 안정된 상태로 이행해 감을 뜻한다.

현상이 주어지면 일차적으로 주체의 몫이다. 그러면 자아론적自我論的으로 규정될 수도 있다. 그러나 현상은 타자와의 연기적 관계에서 일어나므로 현상의 인식은 다양한 연기적 관계에서 논의되어야 한다. 다시 말하면 현상 자체가 연기적이면 그 해석은 주관[主體]에 치우치지 않고 타자와의 연기적

36 『들뢰즈의 철학』, 서동욱, 민음사, 2012, 304쪽
37 『철학을 위한 선언』: 알랭 바디우, 서용순 옮김, 도서출판 길, 2010, 55쪽

관계로 이해되어야 한다.

연기적 세계에서는 연기면 존재이고 그리고 주체와 객체는 분별이 없이 주객불이主客不二로서 동등한 존재 가치를 지닌다. 따라서 서양철학도 근본적으로는 연기적 세계와 깊이 연관되어 있음을 알 수 있다. 그러나 인간 사회에서는 주로 삼륜청정과 삼륜체공을 기본으로 하는 만유의 무위적 연기법과 달리 인간중심 사상에 치우치기 때문에 인간 주체主體의 실존實存을 중시하며 또한 신神과 같은 일자一者에 의한 절대적 진리체계眞理體系를 따르려는 경향이 적지 않다. 그리고 다수多數의 존재보다는 개체個體의 존재를 중시함으로써 집단적 연기성緣起性을 경시하게 됨으로써 심각한 대립적인 경쟁적 사회를 형성하게 된다.

만약 영혼이 존재한다면 마땅히 영혼도 연기법을 따라야 한다. 만약 영혼이 연기법을 따르지 않는다면 영혼은 존재하지 않든지 또는 물질계와 전연 다른 세계의 존재라야 한다. 즉 영혼의 정신계는 물질계와 다른 비연기적非緣起的 차원의 세계로서 현실 세계와는 무관한 세계에 속하게 된다.

연기의 양면성

바다에서 파도가 일다가 다시 파도가 사라지고 잠잠한 상태가 반복해서 일어난다. 이와 마찬가지로 인간 세상에서도 고통이 일어나났다가는 어떤 계기로 다시 기쁨으로 바뀌는 경우가 일반적 현상이다. 결국 연기적 세계에서는 대립되는 어느 한 쪽이 영원히 존재하지 못하고 항상 대립되는 두 극단極端이 서로 바뀌어 나타나고 사라지며 반복된다. 이것은 마치 동전의 양면처럼 한 쪽이 앞으로 나오면 다른 쪽이 뒤로 숨고 또 뒤쪽 것이 앞으로 나오면 앞쪽 것이 뒤로 숨는 것과 같은 은현隱顯의 이치이다. 여기서 동전의 앞면과 뒷면은 상대적이 아니라 함께 있지만 동시에 모두 나타나지 않는 비동시적非同時的 동거성同居性으로 연기적임을 주시해야 한다. 즉 유有와 무無는 상대적相對的 개념이 아니라 상호 의존적인 연기적緣起的 개념이라는 것이다. 다시 말하면 유有와 무無는 동시에 함께 나타날 수 없으므로 단순히 상대적이라고 말할 수 없다.

일반적으로 우리는 관계나, 상호관계, 상대적 관계 등이란 말을 많이 쓴다. 이때 관계는 엄격히 말해서 독립된 두 개체 사이의 관계가 아니라 본질적으로 서로 얽매여 있는 만유萬有와의 연기적 관계인 것이다.

예를 들면 〈고苦/락樂〉, 〈행幸/불행不幸〉, 〈미美/추醜〉, 〈명明/암暗〉, 〈자유自由/구속拘束〉, 〈유有/무無〉, 〈은隱/현顯〉, 〈생生/사死〉, 〈동動/정靜〉 등등은 서로 상반되는 연기적 양면성으로써 비동시적非同時的 동거성同居性을 지닌다. 예컨대 고苦가 나타나면 락樂이 숨고, 락이 나타나면 고가 숨는다. 이를 '고이면 락이고 락이면 고이다[雙照].'라고 긍정적으로 표현하거나 또는 '고가 아니면 락도 아니고 락이 아니면 고도 아니다[雙遮].'라고 부정적으로 표현하기도 한다.

연기관계에서는 양극단이 번갈아 나타날 수 있으므로 이들이 어느 한 극단에 치우치지 않는 중도中道를 따름이 마땅하다. 연기적 세계에서는 항상 외부로부터 다양한 영향을 받기 때문에 영원한 절대 행복이나 절대 자유란 존재할 수 없다. 따라서 연기의 양면성을 무시함은 어느 것에도 치우지지 않는 중도中道에 어긋남으로 불법의 근본 원리를 따르지 못하게 된다. 이런 점에서 연기의 양면성은 곧 중도를 뜻하며 그리고 쌍차쌍조雙遮雙照도 중도의 뜻이다.

중도에서는 두 극단이 서로 달라 보이나 근본적으로 같은 것이다. 이런 경우를 『원각경』에서는 "선남자야, 일체 장애가 곧 구경각究竟覺이니, 바른 생각을 얻거나 잃거나 해탈 아닌 것이 없으며, 이루어지는 법과 파괴되는 법이 모두가 열반涅槃이며, 지혜와 어리석음이 통틀어 반야般若이며, 보살이나 외도外道가 성취한 법이 모두 보리菩提이며, 무명無明과 진여眞如가 딴 경계가 아니며, 계戒·정定·혜慧와 음행婬·노怒·치痴가 모두 청정한 범행梵行이며, 중생과 국토가 동일한 법성法性이며, 지옥과 천궁天宮이 모두 정토淨土이며, 성품 있는 이나 없는 이나 똑같이 불도佛道를 이루며, 일체 번뇌가 마침내 해탈이며, 법계法界에 두루 하는 지혜로써 모든 현상을 굽어보는 것이 마치 허공의 꽃 같나니, 이것은 여래가 원각圓覺의 성품에 수순隨順하는 것이라 하느니라."라고 했다.

일반적으로 종교에서는 행복과 기쁨을 추구하며 고통보다는 즐거움, 구속보다 자유를 선호한다. 그리고 오래 살고 싶어 하며 죽어서도 좋은 곳에 태어나고자 한다. 이것이 일반적인 인간의 욕망이다. 이런 경향은 연기적으로 어느 한 극단에 치우친 것으로 바른 것이 못된다. 영원히 행복하거나 영원히 즐거울 수 있다는 것은 망상이지 현실은 아니다. 매서운 추운 겨울을 지나면서 피어난 매화꽃에서 풍기는 짙은 향기는 바로 고통이 없이는 행복이나 즐거움이 존재할 수 없다는 것을 의미한다.

비동시적 동거성을 지닌 〈행/불행〉, 〈고/락〉처럼 서로 극단적인 두 가지에는 모두 진리가 내포된다. 즉 행복에도 진리가 있으며 불행에도 진리가 들어 있다. 이것은 불행이나 고통을 통해서 삶의 진리를 찾을 수 있다는 뜻이다. 그러니 어느 한 극단에 치우지는 것이 얼마나 어리석은 짓인가를 알 수 있다.

가비마라 존자는 "나타남도 아니고 숨음도 아닌 법을 진실한 실제實際라고 설한다. 이런 은현隱顯의 이법을 깨달음도 어리석음도 아니고 지혜로움도 아니다."[38]라고 했으며, 용수존자龍樹尊者는 "숨고 나타나는 이치를 밝히고자 널리 해탈解脫의 이치를 설한다. 법에 대해 마음이 분별치 않으면 성냄도 없고 기쁨도 없다."[39]라고 했다.

그리고 하이데거는 "존재는 자신을 감춘다. 그 존재는 자신을 감추는 하나의 은적성隱迹性에 숨어있다."[40]라고 하면서 "진리는 오직 나타남만이 결코 아니고, 그것은 숨음으로써 나타남과 마찬가지로 근원적이고 나타남과 함께 친밀하게 현현顯現하고 있다. 두 개념 즉 나타남과 숨음은 두 가지가 아니고, 진리 자체의 하나 되기의 본질 현현이다."[41]라고 했다.

이처럼 연기적 양면성은 연기의 근본 속성屬性이며 그리고 두 극단은 근본적으로 동일한 것이다. 이것은 동전에서 어느 한 쪽 면만을 고집한다면 그것은 이미 동전이 아닌 것과 마찬가지다.

한편 데리다는 차연差延[42]이란 단어를 쓰고 있다. 차연은 차이差異와 지연遲延의 뜻이다. 여기서 차이는 선善과 악惡 등의 비동시적 동거성의 다양성을 뜻하고, 지연遲延은 이 중에서 어느 한 쪽에 치우치지 않는 간격 두기이다. 따라서 차연은 비동시적

38 『직지, 길을 가리키다』: 이시우, 민족사, 2013, 63쪽
39 『직지, 길을 가리키다』: 이시우, 민족사, 2013, 65쪽
40 『하이데거와 화엄의 세계』: 김형효, 청계, 2004, 73쪽
41 『하이데거와 화엄의 세계』: 김형효, 청계, 2004, 162쪽
42 『How to read 데리다』: 페넬로페 도이처, 변성찬 옮김, 웅진, 2007, 64쪽

동거성을 지니는 것들의 다양성을 인정하고 어느 한 쪽에 집착하지 않는 뜻으로 연기緣起에 해당한다. 이처럼 데리다의 철학적 사상에는 연기성緣起性이 내포되어 있다.

12 연기와 삼독三毒

탐貪·진瞋·치痴 삼독은 탐욕貪慾과, 진에(瞋恚 : 화냄), 어리석음[愚癡]으로 인간의 삶의 과정에서 나타나는 성품을 분별해 보인 것이다. 탐욕은 인간의 기본 욕망에 해당하며, 진에는 성품에 관련되는 것이며, 어리석음은 분별적 사유가 부족하기 때문에 생기는 것이다. 이러한 삼독은 일상적인 삶의 과정에서 유위적이든 무위적이든 일어나기 마련이다. 다만 그에 집착만 하지 않으면 타자와 좋은 연기관계를 이루어 갈 수 있다.

　　탐욕과 어리석음에 비해 화를 내는 것은 순간적으로 번갯불처럼 일어나는 것으로 참기가 매우 어렵다. 이런 점에서 삼독 중에서 화를 내는 진에가 가장 무서운 독毒이다. 따라서 화가 나면 우선 물부터 마시거나 심호흡을 하면서 시간적 여유를 가지고 안정된 상태를 유지하도록 하면서 참는 법을 익혀야 한다. 그렇지 못하면 이미 엎지르진 물을 주어 담기가 불가능한 것처럼 어려움에 처하게 된다.

탐·진·치도 역시 무위적 연기의 도道로 이행해 가는 과정에서 일어나는 한 상태로 본다면 이를 구태여 나쁘게 볼 이유가 없으며 오히려 도道의 한 상태로 볼 수 있다.『제행무상경諸行無常經』에서 "탐욕貪慾이 곧 도道요, 성내고 어리석음도 역시 그러하다. 이와 같은 세 가지 법 가운데 일체의 법이 모두 갖추었다."라고 했다. 이것은 본래 불성佛性을 지닌 마음에서 일어나는 것이므로 처음부터 나쁜 것이 아니라는 뜻이다.

그러므로 삼독三毒이나 선善과 악惡 등은 인간의 감정이나 행위가 근본적으로 무위적 연기의 이법을 이루어가는 과정에서 일어났다가 사라지며 반복됨으로 궁극적으로는 모두가 불성佛性을 지닌 하나의 진화적 과정에서 일어나는 현상적 차이일 뿐이다. 이것이 바로 무위적無爲的 연기緣起의 이법理法이다. 나쁘고 좋다는 특별한 집착을 버리고 여여如如하게 지난다면 무위진인(無位眞人 : 如如한 平常心)의 경지에 이르게 된다. 이것이 바로 실제 인간이나 자연의 연기적 삶의 형태며 과정이다.

인간의 모든 행위에는 그 나름대로의 진리가 내포된다. 악惡은 선善을 비추어 볼 수 있는 진리요, 선은 악을 비추어 볼 수 있는 진리이다. 그러므로 어느 하나의 행위와 말에서 진리 아닌 것이 없다. 그런데 어느 것은 진리요, 어느 것은 진리가 아니라고 분별하는 것은 연속적인 연기적 현상이나 사물을 보지 않고 한 순간의 단편적인 것에 집착하여 진위眞僞를 가리려고 하기 때문에 연기적 진리를 바르게 알 수 없게 된다. 모든 것은 흐르는 물처럼 연속적인 진화과정進化過程을 통해서 전체적으로 보고 생각하는 전일적全一的 사고가 반드시 따라야 한다. 그렇지 않으면 무위적인 연속적 연기의 이법을 바르게 알지 못하고 특정한 사건이나 현상에 얽매여 집착하게 된다.

유위적[有爲: 조작된 것, 의도된 것, 제약된 것]으로 조작하면서 살아가는 인간에는 탐욕과 번뇌 때문에 삼독三毒이 생긴다. 그러나 산천초목과 하늘의 천체들은 의도적으로 조작하지 않는 무위적[無爲 : 조작되지 않은 것, 의도되지 않은 것, 제약되지 않은 것] 삶을 살아가기 때문에 탐하거나 화내고 어리석은 짓을 하지 않는다. 산천초목도 다양한 환경의 변화에 대헤 묵묵히 적응하고 수용하면서 지난다. 별들도 살아가는 과정에서 몹시 힘든 진화의 역사를 겪는다. 그렇지만 모든 것을 수용하고 적응하면서 무위적으로 지난다. 그래서 옛 선사禪師들이 인간도 '돌처럼 바위처럼' 묵묵히 무위적으로 여여如如하게 살아가기를 권했든 것이다.

13

연기와 공, 가, 중도 空 假 中道

우주만유는 고립된 것이 아니라 상의적 수수관계인 연기관계를 이루며 끊임없이 생멸 진화하며 변화한다. 이런 상호 의존적인 연기적 변화로 고정된 자성(自性 : 지속적인 실체)이 존재하지 못한다.[43] 그래서 '연기면 무자성無自性이고 무자성이면 공空이다.'라고 하거나 또는 '연기緣起면 공空이다.'라고 한다. 일반적으로 연기적 변화에 따른 무아(無我 : 고정된 我가 없음)[44], 무집(無執 : 집착이 없음), 무주(無住 : 고정된 머무름이 없음), 무애(無礙 : 걸림이 없음), 무상(無常 : 항상 하지 않음)등이 모두 공에 해당한다. 여기서 '無'는 연기적 관계로 자성自性이 연속적으로 변함을 뜻한다. 그래서 공空의 근본 뜻은 [연기적] '변화變化'이다.

　　상의적相依的 수수관계授受關係가 일어나는 연기적 변화의 세계에서는 자성自性이 존재하지 못하므로 우주만유는 공空이다. 따라서 용수龍樹의 『中論』에서 보인 것처럼 공空의 근본 뜻은 상호 의존적인 연기적 변화를 일으키는 연기성緣起性이다.

　　이처럼 공空은 상의적相依的 연기緣起를 통해 이루어지므로 '연기緣起면 공空이고, 공空이면 연기緣起이다.'라고 하며,

---

43 『화엄철학』: 까르마 C C 츠앙, 이천수 옮김, 경서원, 2004, 123쪽

44 무아(無我)는 아(我:自身)가 없음이 아니라 內外的인 연기적 변화 때문에 변하지 않는 고정된 自我의 실체가 존재하지 않음을 뜻한다. 연기적 관계를 이루고 있는 우주만물은 항상 無我의 상태를 이루고 있다. 그래서 諸法無我라 한다. 상의적 관계를 이루고 있는 인간도 깨치거나 깨치지 못했거나 상관없이 항상 無我의 상태로 존재한다.

그리고 이런 연기성을 공성空性이라 한다. 공이나 공성을 단순히 연기적 변화의 현상만으로 보기 쉽지만 실제는 연기관계를 통해서 달성되는 우주만유의 존재이법存在理法인 연기법([연기와 불법] 참조)을 따르는 상태가 공空이나 공성空性이다. 이런 연기성이나 공성이 바로 우주만유의 존재본질存在本質이며 그리고 우주만유에 내재하는 불성佛性이다.

상호 의존적 주고받는 연기관계에서는 만유가 생멸 변화로 무자성無自性이므로 공[연기공] 또는 필경공畢竟空이다. 그러나 존재사 자체는 사라지지 않으므로 임시적인 가짜의 존재자란 뜻에서 가假라고 한다. 이것은 있는 것도 아니고 없는 것도 아닌 비유비무非有非無의 상태이다. 그러므로 연기적 생멸진화를 이어가는 변화의 세계에서는 우주만유가 모두 비유비무인 가假의 상태[임시 상태]를 유지해 가는 셈이다.

어떠한 개체나 현상은 모두 연기적 관계에 있으므로 〈유有/무無〉나 〈은隱/현顯〉등의 연기적 양면성을 지닌다. 여기서 어느 한 극단에 치우치지 않는 연기적 공성을 중도中道라하며, 이런 연기적 사상思想을 중도관中道觀이라 한다. 그래서 중관사상中觀思想에서는 '일체 법(法 : 萬有)은 공空이다.'라고 한다. 우리가 중도를 따른다는 것은 단순히 연기적 현상을 이어가는 것만이 아니라 연기적 이법을 따르며 내면의 불성佛性을 밖으로 드러내는 것이다. 즉 여래장如來藏에 내재된 깨끗하지 못한 염오染汚의 생멸심生滅心을 여의고 청정한 열반涅槃의 경지에 이름을 뜻한다.

　　일반적으로 연기緣起면 공空이고, 가假이고, 중도中道이다. 여기서 공(空·空性)은 연기성의 궁극적 진리를 나타내고, 중도中道는 연기성의 실천적 측면을 나타낸다. 공과 중도는 상의적相依的 연기에 바탕을 두고 있기 때문에 이를 분명히 밝히기 위해 연기공緣起空, 연기중도緣起中道라고도 한다. 용수龍樹의 『中論』에서 언급되는 공도 연기공이다.

중도관中道觀에서는 연기적 변화로 유有가 무無이고 무가 유이므로 유무가 같다는 뜻에서 유무불이有無不二라 한다. 마찬가지로 생生과 사死가 같은 생사불이生死不二, 마음과 몸이 같은 심신불이心身不二, 물질과 정신[마음]이 같은 물심불이物心不二, 자신과 타자가 같은 자타불이自他不二, 주체(主體 : 主觀)와 객체(客體 : 客觀)가 같은 주객불이主客不二, 진제(眞諦 : 眞理界)와 속제(俗諦 : 現象界)가 같은 진속불이眞俗不二, 나와 외물外物이 같은 물아불이物我不二 또는 물아일여物我一如, 움직임과 고요함이 같은 동정불이動靜不二 또는 동정일여動靜一如 등으로 어느 한 극단에 치우치지 않는다. 이처럼 두 개체가 별개의 둘이 아니라는 뜻에서 중관사상을 불이사상不二思想이라고도 한다.

『화엄경』의 〈이세간품〉에서는

　　"연기는 있지도 않고 없지도 않고

45 『용수의 삶과 사상』 : 中村元, 이재호 옮김, 불교시대사, 1993, 106쪽

참도 아니고 헛것도 아닌

이와 같이 중도에 들어가

말은 하지만 집착이 없네."

라고 했다. 여기서 참[眞·有]은 상견常見이고 헛것[假·無]은 단견斷見이므로 상견과 단견을 여읨이 중도中道이다.

경經에서 이르기를 "세상만사가 어떻게 발생하고 어떻게 소멸하는지에 대한 진상眞相과 지혜에 순응하여 세상을 바라보는 사람에게는 '없음'이나 '있음'이 존재하지 않느니라. 가전연이여, '모든 것이 존재한다.'는 것은 하나의 극단이고, '모든 것이 존재하지 않는다.'는 것은 또 다른 한 극단이니라. 여래는 이 양극단兩極端을 받아들이지 않고 중도中道에서 진리를 설하느니라."[46]고 했으며 또한 『잡아함경』에서는 "'일체는 유有다'라는 주장은 하나의 극단이다. '일체는 무無다'라는 주장은 또 다른 극단이다. 나는 이런 두 가지 극단을 버리고 중도를 말한다. 중도란 '이것이 있기 때문에 저것이 있고, 이것이 일어나기 때문에 저것이 일어난다.'는 것이다."라고 했다. 이것은 중도란 연기성임을 뜻한다.

그리고 용수龍樹는 『회쟁론』에서 "사물들이 [다른 것에] 연하여 존재하는 것을 공성空性이라 부른다. 왜냐하면 [다른 것에] 연하여 존재하는 것은 자성自性이 없는 것이기 때문이다.

---

46 『불교의 중심사상』 : 무르띠, 김성철 옮김, 경서원, 1999, 115쪽

…[모든 사물은] 무자성無自性하고 무자성이기 때문에 공空하다고 생각한다."라고 했다. 이처럼 연기에 의한 실체의 자성 또는 정체성正體性의 사멸死滅을 공이라 한다. 여기서 공은 빈 허공의 공과 차별하기 위해서 필경공畢竟空 또는 연기공緣起空이라 한다. 현실의 실체도 연기적 변화로 무자성[無自我]이 되므로 가(假 : 가짜, 임시)의 상태를 유지한다. 그리고 과거의 실체나 현재의 실체에 집착하지 않음이 중도이다.

대승大乘의 공空은 세간의 연기공을 추구하는 반면에 소승小乘의 공은 세간을 초월한 공의 이치를 추구한다.[47] 그래서 소승은 연기적 변화가 일어나는 현상계의 진리[속제]를 인정하지 않는다. 세간을 초월한 궁극적 진리도 근본은 현실 세계인 세속에서 이루어지는 것이므로 세속적 진리[俗諦]와 궁극적 진리[眞諦]가 둘이 아닌 진속불이眞俗不二이다. 그런데 소승이 진속불이를 부정함은 곧 연기적 중도관中道觀을 인정하지 않는다는 뜻이다.

천태사상天台思想에서는 공空이기에 가假이고 중中이며, 가이기에 공이고 중이며 또한 중이기에 공이고 가이므로 공空·가假·중中을 동시에 한 생각 속에서 체험하는 관법을 일심삼관一心三觀으로 원융삼관圓融三觀이라고도 한다.

---

47 『불교사상사』: 양훼이난, 원필성 옮김, 정우서적, 2010, 192쪽

14

생명
과
연기

브로테니카 사전에 따르면 생명의 특성은 다음과 같이 요약된다.

첫째, 정돈되고 조직화 되려는 경향이 있다. 둘째, 환경에서 화학물질과 에너지를 얻어 자신의 성장成長과 유지維持에 이용한다. 셋째, 복제에 의해 자신이 지닌 유전암호를 다음 세대로 전달한다. 넷째, 환경의 특성을 감지하여 반응한다. 다섯째, 환경에 적응하여 이로운 방향으로 자신을 조절하여 적응한다. 여섯째, 물리적·화학적으로 일정해지려는 경향이 있고 민감성과 반응의 복잡한 체제를 통해 유지된다.

이런 정의는 지상에 있는 동물과 식물에 적용되는 경우이다. 무생물은 외부 에너지에 반응을 하지만 번식이나 유전암호遺傳暗號 전달 같은 생리작용生理作用은 없다. 이러한 생명의 정의는 인간중심적 생명사상生命思想에 기인한다.

불교에서 중생衆生이란 말을 많이 쓴다. 이때 중생을 생물에 국한하는 경우에는 위에서 본 것처럼 무생물은 중생에서 제외된다. 이것은 생명을 좁은 의미에서 보는 경우이다. 그러나 넓은

의미의 관점에서 본다면 생물과 무생물 모두를 포함하는 우주
만물을 중생으로 볼 수도 있다. 왜냐하면 생물生物의 근원이 무
생물無生物에서 시작하기 때문이다. 시초의 존재물을 살아있는
생명체로 본다면 만물이 생명체로 연속성을 지니게 된다.

돌은 분자들로 구성되었다. 외부의 온도 변화에 따라 돌의 온도
도 달라진다. 이런 현상은 돌의 구성 분자가 외부로부터 열에너
지를 받으면 그에 순응하고 적응하며 변화하기 때문이다. 이것
이 바로 에너지 순환에 따른 돌의 생의(生意 : 生命力)이다. 이처럼
만물은 연기적 에너지 순환에 의한 생의를 지니고 있다고 볼 수
있다. 그렇다면 일반적으로 불성佛性을 지닌 우주만물이 모두 생
의生意 즉 생명력을 지니고 있다고 보는 것이 타당할 것이다.

스피노자는 모든 것의 양태樣態가 두 가지 속성[영혼·정신, 신체·
물체]에 모두 참여한다고 보기 때문에 물체 역시 정신적 측면을
가지고 있지만, 우리의 지성知性이 유한한 탓에 돌이나 쇠와 같은
물체의 영혼(靈魂·精神)을 알지 못할 뿐이라고 했다.[48] 이것은 만유
가 생의生意 를 지니므로 정신적 양태를 내포한다는 뜻이다.
　　플라톤(B.C. 427~347)은 『타마이오스』에서 "이 우주는 진
실로 신神의 '선견先見과 배려'[섭리]에 의해서 '그 안에 혼[生
命]을 지녔으며 또한 지성知性을 지닌 살아 있는 것'으로 생기
게 된 것이라고 말해야 한다."[49]라고 하면서 우주를 혼(魂·生
命)과 지성을 지닌 살아 있는 것으로 보고 있다.

---

48 『에티카』: 스피노자, 강경계 옮김, 서광사, 2012, 375쪽
49 『타마이오스』: 플라톤, 박종현·김영균 옮김, 서광사, 2008, 84쪽

기원전 3~4세기에 에피쿠로스는 "우주 안에 있는 존재는 우리들만이 아니다."라고 했으며, 그리고 2000년 전 로마 시인 루크레티우스는 "외계外界에는 다른 인간과 동물이 살고 있는 그러한 지구가 얼마든지 존재한다는 믿음을 가져야 한다."라고 했다. 이들은 모두 인간과 같은 외계外界 생명체生命體의 존재를 인정했다.

한편 16세기에 이탈리아 신부이며 철학자인 브루노는 『원인과 원리와 일자』에서 다음과 같이 말했다. "사물事物이 살아 있지 않다고 해도 영혼靈魂을 가지고 있습니다. 사물들이 현실에 따라서 영혼과 생명을 받아들이지 못한다 해도, 원리에 따라서 그리고 영혼성과 생명에 관한 어떤 기본적인 활동에 따라 영혼을 가지고 있습니다. (중략) 생명은 모든 것을 관통하고, 모든 것 안에 있으며, 물질 전체를 움직이고, 물질의 몸을 채우며, 물질을 압도하지만 물질에 의해 압도당하지는 않습니다. (중략) 세계의 영혼은 우주 및 우주가 포함하는 것의 구성적 형상원리形狀原理입니다. 즉 모든 사물에 생명生命이 존재한다면 영혼靈魂은 모든 사물의 형상形狀입니다. 영혼은 도처에서 질료質料를 위하여 질서秩序를 부여하는 힘이며, 혼합된 것에서 지배적입니다. 영혼은 부분의 혼합과 결합을 생기게 합니다. 그렇기 때문에 이러한 영혼의 형성과 마찬가지로 질료의 지속적 존속이 성립하는 것으로 생각됩니다."[50]

　이처럼 브루노는 우주만물이 유형有形을 가진다면 그것은 영혼에 의해 형상形狀을 가지며, 그런 형상을 가진 물체

[50] 『무한자와 우주와 세계 외』: 조르다노 브루노, 강경계 옮김, 한길사, 2000, 329~338쪽

는 생명生命이 존재한다는 유기체적有機體的 무한성無限性의 우주론宇宙論 을 주장했다. 결국 형상을 가진 우주만물은 영혼과 생명을 가진다는 것이다. 이에 따르면 천체도 생명生命을 가진다는 것이다. 이러한 플라톤의 우주적宇宙的 생명관生命觀과 유사한 브루노의 생명관은 보편적인 우주론적 생명관으로 볼 수 있다. 이런 혁신적인 생명관을 제시한 신부 브루노는 지상에만 생명체가 존재한다는 신성한 교리의 배신자로 체포되어 1600년에 화형을 당했다.

『마이뜨리 우파니샤드』에서 "음식에서 만물이 생겨났다. 땅에서 사는 생물들은 어떤 것이든 생겨나는 대로 음식에 의지해서 살아가니 다시 삶이 끝날 때 음식에 돌아가 잠기노라."라고 했다. 여기서 음식이란 곧 생의生意를 지닌 존재물로서 음식을 제공하는 땅도 생명체인 것이다. 음식에서 음식으로 순환하는 것은 아놀드 토인비의 생각과 다를 바 없다. 즉 "사후死後의 육신肉身이 어떻게 되느냐에 대해서는 신비스러운 것은 없다. 죽은 다음에는 사자死者의 물질적 육체는 분해된다. 그것은 생물 권 속의 무생물無生物의 요소로 재흡수 된다. 환경 속의 무생물과 생물의 요소들 사이에는 끊임없이 물질의 교환이 이루어지고 있다."[51] 그래서 온갖 만물은 흙[음식]에서 와서 다시 흙[음식]으로 돌아간다고 하는 것이다.

영국 과학자 제임스 러브록은 『가이아』[52]에서 지구를 살아

51 『죽음 그리고 삶』: A. 토인비·A. 쾌슬리 편저, 이성범 옮김, 범양사, 1980, 14쪽
52 『가이아』: 제임스 러브록, 홍욱희 옮김, 범양사출판부, 1996

있는 생명체로 보았다. 그에 따르면 가이아는 지표면에서 약 160킬로미터 아래 지각地殼에서부터 바다와 대기를 지나 우주와 접하는 상공 약 160킬로미터에 있는 열권熱圈까지의 공간 지역이다.[53] 이곳에서는 암권暗圈, 수권水圈, 기권氣圈이 살아서 움직이는 역동적 생물권生物圈으로 연기적인 생리적 시스템이 이루어지고 있는 가이아(Gaia)이다.

이처럼 태양으로부터 복사 에너지를 받고 그리고 지구 내부에서 열이 방출되어 땅과 바다에 에너지를 공급하고, 이로부터 대기에 에너지를 공급하면서 바다의 해류순환, 대기의 순환 그리고 비와 눈에 의한 대기와 땅 사이의 에너지 순환이 일어나게 된다. 이런 바다, 땅, 대기 사이의 에너지 순환이 바로 지구가 살아 있다는 증거이다. 그래서 지구가 살아 있기에 지구에 다양한 생명체가 존재하는 것이다.

그런데 오늘날 인간의 편익과 부의 창출을 이루는 과정에서 생긴 심각한 온난화溫暖化로 지구는 심하게 앓고 있다.[54] 예컨대 이산화탄소의 다량 배출로 인한 온실효과溫室效果 증가에 따른 기온 상승, 이상異常 기후 발생, 사막화 심화, 남북극의 빙하 소멸과 이에 따른 해수면海水面 상승, 해수 온도 상승으로 산호초와 어류魚類의 멸종, 열대림 파괴로 생물종의 멸종 등등으로 전지구적全地球的 재앙災殃의 위기를 맞고 있다.

이와 같은 결과는 인간과 자연 사이의 조화로운 연기 관계와 만유가 살아 있다는 생명관이 바르게 지켜지지 않았

---

53 『가이아의 복수』: 제임스 러브록, 이한음 옮김, 세종서적, 2008, 41쪽
54 『붓다의 세계와 불교 우주관』: 이시우, 민족사, 2010, 416쪽

기 때문에 생기는 필연적 결과로 모두가 인간이 받아야 할 업보業報이다. 연기법에 따라 인간은 자연과 더불어 공존공생共存共生해야 하는 권리와 의무를 지니고 있다. 따라서 지금부터라도 우리는 만물이 불성을 지녔다는 불법에 따라 자연과 함께 살아가는 상의적 연기법을 지키도록 해야 한다.

한편 지혜 제일인 사리붓다는 "어떤 한 가지 법을 최상의 지혜로 알아야 합니까? 모든 중생들이 음식으로 생존한다는 것입니다. 이 한 가지 법이 최상의 지혜로 알아야 합니다."라고 했다.[54] 여기서 생존 방식으로 음식에 따른 연기관계의 중요성을 강조하고 있다.

베르그송은 존재를 생명으로 파악했다. 즉 생명을 오성(悟性 : 논리적 지성)에 의해서가 아니라 직각(直覺 : 사유작용을 거치지 않고 직접 대상을 파악하는 작용)으로 사상思想의 흐름을 감지하는 창조적 활동에 의하여 파악했다.[55] 이것은 연기가 존재이고, 존재가 연기이므로 연기법에 따라서 생명 자체가 연기적 산물産物이라는 것이다.

한편 에피쿠로스는 "죽음에 대한 사고는 시간 낭비이다."라고 하면서 "우리의 죽음은 우리에게 일어나는 일이 아니다. 그것이 일어날 때 우리는 존재하지 않는다."[56]라고 했다. 그리고 "태어나기 전에 존재하지 않았던 시간을 걱정하지 않듯이 죽음 이후의 시간도 걱정하지 않는다는 것이다."라고 했다.

54 『디가 니까야』 : 각묵 스님. 초기불전연구원, 2006, 제3권 (D34), 472쪽)

55 『지혜를 주는 서양의 철학과 사상』 : 가나모리 시게나리, 이재연 옮김, 다른생각, 2008, 252쪽

56 『지혜를 주는 서양의 철학과 사상』 : 가나모리 시게나리, 이재연 옮김, 다른생각, 2008, 36쪽

그리고 루트비히 비트겐슈타인은 "죽음은 삶에서의 사건이 아니다."[57]라고 했다. 즉 삶과 죽음은 존재의 양상이 다를 뿐이지 실은 동일한 것이다. '나'라는 존재는 우주적 한 구성원으로서 '삶'이라는 형태로 존재하다가 삶이 끝나면 '죽음'이라는 존재방식으로 바뀐다. 죽음의 잔해殘骸도 역시 생의生意를 지닌 생명체生命體로서 우주의 한 구성원으로서 존재하게 된다.

따라서 우리의 죽음은 우리의 삶의 다른 형태일 뿐이다. 다만 에피쿠로스의 말처럼 태어나기 전 과거를 걱정하지 않는 것처럼 죽음 이후 우리의 존재를 걱정할 필요는 없다. 죽음의 잔해에서 새로운 생生이 탄생되면서 생사生死가 순환하는 것이 생과 사가 둘이 아니라는 생사불이生死不二한 우주 만유의 연기적 세계이다.

우주가 탄생하면서 그 물질에서 최초의 별이 탄생했다. 별들 중에서 무거운 별일수록 빨리 연료를 소모하게 되므로 가벼운 별보다 일생이 짧다. 별이 임종을 맞이하면 중심부에서 일어나는 핵에너지의 방출이 고갈되면서 내부 압력의 저하로 급격한 중력붕괴重力崩壞가 일어난다. 이때 강력한 폭발로 물질의 대부분이 밖으로 방출된다. 여러 별에서 방출된 물질이 서로 모여 제2세대 종족種族의 별로 탄생된다. 이와 같은 과정으로 현재 우리 은하계에는 5세대의 별들이 존재한다. 태양을 비롯한 지상의 만물은 제3세대와 그 이전의 세대의 별들의 잔해가 모여 탄생했기에 우리는 태양과 함께 우주에서 제4세대에 속하

57 『철학자와 철학하다』: 나이젤 워버턴, 이신철 옮김, 에코, 2012, 36쪽

는 종족種族이다. 따라서 인간은 하늘의 별들과 동등한 우주적
존재자[우주인]로서 우주만유의 존재이법을 따름이 마땅하다.

하늘의 별들이 빛을 내는 생명체生命體이듯이 별이 죽으면서
방출한 잔해도 역시 생명체인 것이다. 이러한 생명체로부터
세대世代가 이어지는 것이 일반적인 자연의 생명 현상이다. 따
라서 인간이 죽어서 남기는 한 줌의 재도 역시 다음 생명체를
잉태하는 생명체의 자양분으로서의 물질인 것이다. 그러므로
이 세상에 생명체 아닌 것이 없다. 이것이 바로 만물은 생명의
음식에서 와서 다시 생명의 음식으로 돌아간다는 뜻이다.

이런 관점에서 우리 육신에는 원초적인 우주적 정보가 내장되
어 있다. 7~8세기 인도의 종교 철학자 고빈다는 "명상冥想이나
요가 수행을 통해 ···· 잠재의식 속에 숨겨진 무한한 기억의 보
물 창고를 열 수 있다. 그 안에 전생前生들의 기록뿐만 아니라 우
리 종족種族의 과거, 인류의 과거 그리고 인간이 되기 이전에 살
았던 온갖 형태의 삶의 기록들까지 보관되어 있다."라고 했다.
칼 융이 주상하는 집단무의식集團無意識의 원형原形은 우주만유가
지니는 일종의 우주심宇宙心에 해당하는 것으로 볼 수 있다.

인간은 우주의 구성 물질로 이루어진 우주의 구성원이므로 당
연히 우주의 원초적 정보가 인간에 원초적인 선험적先驗的 무
의식無意識으로 내재해 있다. 이런 우주적 정보는 연기성緣起性

으로 여래장如來藏이나 제9식 아마라식에 내장되어 있다. 그런데 인간이 문명의 이기를 쓰면서부터 조작된 유위적有爲的 행行을 하는 과정에서 원초적 정보가 점차 여과濾過되고 있다. 그러나 진실로 깨달은 자는 이런 우주적 정보가 내장된 여래장에서 불성佛性을 밖으로 이끌어 냄으로서 성불成佛하게 된다.

15

보편성
평등성과
연기와

인간은 남보다 뛰어나고 비범해지기를 원한다. 그래서 남들로부터 칭송을 받고자 한다. 또한 특별한 건축물을 만들어서 세계적 자랑거리로 삼고자 한다. 이런 것들은 모두 아상我相과 인상人相에서 비롯되는 허망한 꿈이다. 이 세상에서는 특별한 것도 없고 영원히 존재하는것도 없는 보편성普遍性과 평등성平等性을 근본으로 한다.

　　연기적 세계에서는 만물이 서로 주고받는 관계에 있으므로 고정된 자아自我 즉 자성自性이 존재할 수 없으므로 무자성無自性이고 무아無我이며 또한 연기관계가 항상 변화하므로 무상無相이다. 따라서 연기적 세계는 차별이 없는 평등하고 보편적 세계를 지향한다. 평등하지 못한 세계는 연기법이 바르게 적용되지 않는 불안정한 세계이다. 그러나 다양한 연기적 관계를 거치면서 결국에는 전체가 평등한 관계로 나아가는 것이 자연의 연기적 이법이다.

연기적 존재가치와 삶의 가치의 평등성은 인간을 포함한 만물의 존재가치와 삶의 가지의 동일성同一性을 뜻한다. 따라서 인간이 만물의 영장靈長이란 사고는 인간중심적 사상으로 평등성平等性과 보편성普遍性이란 무위적 자연의 이법에 어긋난다. 그래서 『법화경』에서 이르기를 "내가 본래 세운 서원誓願이 일체 중생으로 하여금 나와 같이 평등하여 다름이 없게 하려 함이다."라고 했다.

　　우주만유가 모두 평등함으로 자타의 분별이 없는 자타동일自他同一 사상이 바로 연기사상緣起思想이다. 이런 관계를 중국 불교의 화엄학승華嚴學僧인 현수법장賢首法藏은 『화엄경지귀』에서 "자기自己가 곧 타자他者이고, 타자가 자기이다. 자기가 곧 타자이기에 자기가 정립定立되지 않고 타자가 곧 자기이기에 타자가 존재하지 않는다. 그러므로 타자와 자기가 존재하기도 존재하지 않기도 하는데 그것은 동시에 현현顯現한다."라고 했다.

그리고 독일 철학자 하이데거도 "자기가 곧 타자이고, 타자가 곧 자기이다. 자기가 타자이기에 자기가 독립적으로서 있지 않고, 타자가 곧 자기이므로 타자가 별개로 존재하는 것이 아니다. 타자와 자기, 유와 무가 동시에 현현한다."[58]라고 했다. 이처럼 연기적 세계에서는 자타불이自他不二로 만유가 평등하다. 그러므로 자신은 타자의 거울에 비추어 자신을 보고 타자는 상대의 거울에 비추어 자신을 성찰해야 해야 하는 것이 연기적 세계이다.

　　독일 신학자 에밀 쉬러는 "자기 자신을 잘 알려거든 남이 하는 일을 주의해서 잘 보아라! 다른 사람이 하는 일은 내가

58　『하이데거와 화엄의 사유』: 김형효, 청계, 2004, 418쪽

하는 일에 대한 거울이다. 다른 사람을 알려거든 그 사람을 위해 주고, 그리고 그 사람을 이해하려거든 먼저 자기 마음속을 들여다보라. 내가 남에게 원하고 싶은 것을 자기가 먼저 베풀도록하라."라고 했다. 이것은 자신의 존재가 타자의 존재에 근거하는 평등성 때문이다.

연기적 세계에서 특수성特殊性이란 존재할 수 없다. 왜냐하면 오랜 시간 동안 연속으로 주고 받는 연기적 과정에서 개체의 특수성 즉 특별한 정체성正體性이란 곧 소멸하기 마련이다. 이것은 냇가에 모난 돌이 다른 돌들과 충돌하는 과정에서 모가 점차 마모되어 결국에는 날카로운 모가 사라지고 매끈한 모습을 띠게 되는 이치와 같은 것이다. 이것이 소위 모난 돌이 정 맞는다는 격언에 해당한다. 아무리 뾰족한 산이라도 오랜 시간이 지나면 깎기면서 평범한 산으로 변하기 마련이다. 이처럼 연기적 세계는 평등성과 보편성을 그 특성으로 한다.

인류 역사에는 성인과 현인 등 위대하다는 인물이 존재한다. 예를 들어 석가모니, 예수, 공자, 노자 등등 많은 성인들이 있다. 이들은 그 시대가 낳은 인물들로서 보편적인 인물이지 결코 특별한 인물이 아니다. 한 반에서 성적이 일등으로 월등히 뛰어난 학생이 나오는 것과 같은 이치이다. 천체天體의 경우에도 빛을 빨아들이며 빛을 내지 못하는 초고밀도의 비정상적 물질인 블랙홀이 지상에서는 존재하지 않으므로 특수한 존재처럼 보이지만 큰 별이 죽으면서 남기는 잔해로서의 블랙홀은 무수히 많으므로 이들은 우주에서 지극히 평범한 존재일 뿐이다.

연기면 공이고空, 가이고假, 중도中道이다.

그 속에는 정연한 생사의 존재론적 연기법이 내재해 있다.

고요한 듯 하면서도 끊임없이 움직이고, 생멸이 무질서 해보이지만

우주만유는 무질서한 것 같으면서도 일정한 질서를 따르며,

상즉상입하고 원융무애하다.

연기는 현상적 구별성이나 본질적 동일성에 입각하여

연기적 세상이 인간을 지배하고 있다.

인간이 세상을 지배하고 이끄는 것이 아니라

또한 우리 의식과의 대화자이다.

따라서 자연 천체가 바로 우리의 삶이 이루어지고 있는 현장이며

사물과 그 현상은 언제나 우리들과 함께 연기적 관계로 존재한다

불법의 근본이며 불교는 불법을 바탕으로 한다.

우주만유에 대한 보편타당한 진리의 연기법이

16

변화성
연기와

연기적 세계에서는 만물이 서로 얽매여 있으므로 항상 주고받음의 과정에서 고정된 정체성을 유지할 수 없기 때문에 제법무아諸法無我이고 제행무상諸行無常인 것이다. 따라서 우주 내에서는 어떠한 것도 변하지 않고 고정된 채 존재할 수 없다. 이러한 법칙 때문에 『금강경』에서 이르기를 "아뇩다라삼먁삼보리(위없이 바른 평등과 바른 깨달음)라 할 정定한바 법이 없사오며 또한 여래께서 가히 설하신 정한 법도 없사옵니다."라고 했다. 이러한 연기적 변화의 이법은 결국 변화지 않는 것이 없다는 것이 변하지 않는 이법에 해당한다. 이와 같이 연기적 세계에서는 불변성不變性을 나타내는 절대성絕對性이나 영원성永遠性 등이 일체 허용되지 않는다.

　　모든 사물이나 현상 및 법은 시공간에 따라 변화하는 이법을 경험에서 터득할 수 있음을 석가모니 부처님이 "법은 현실에서 사실로 경험된다는 것이며, 법은 어느 시대에나 적용될 수 있는 것이며, 법은 누구라도 와서 보라고 말할 수 있는 것이며, 열반涅槃으로 잘 인도하는것 이며, 지혜에 의해 스스로 경험될 수 있는 것이라고 말하는 것이다."라고 강조했다.

그리고 남전南傳의 『맛지마 니까야』에서는 "오직 전해 내려오는 말만을 듣고 '이것만이 진리요 그 밖의 것은 모두 거짓이다'라고 말하는 것이니, 이는 장님들이 줄에 묶여 늘어서 있는 것과 같으니라. … 자신들만이 옳다고 말하는 것은 다른 사람의 입장에서는 옳다고 말할 수 없느니라."고 했으며, 또한 "사람들은 저마다 어떤 믿음을 가지고 있느니라. '이것이 나의 믿음이다'라고 말하는 한계 안에서 자신의 믿음을 보호할 수 있는 것이다. 그렇지만 '이것만이 유일한 진리요, 그 밖의 것은 모두 거짓이다'라는 필연적인 결론에 도달할 수 없느니라."라고 했다.

이런 관점에서 북전北傳의 『중아함경』에서 "풍문이나 전설이나 소문에 잘못 이끌리지 마시오. 어떤 종교 성전聖典에 있는 말이라고 해서 무조건 이끌리지 마시오. 논리나 추리에 불과한 말에 이끌리지 마시오. 검증되지 않은 논리의 전제에 이끌리지 말고, 어떤 이론이 사람들의 지지를 받는다고 무조건 따르지 말고, 어떤 가르침이 남들의 비난을 받는다고 무조건 배척하지도 마시오. 어떤 사람이 그럴듯 해 보인다고 해서 그 사람에게 이끌리지 말고, 사람들로부터 존경 받고 있는 사람이 주장했다고 해서 그 말에 현혹되지 마시오."라고 했으며 "또한 내 말에 대해서도 마찬가지요. 나에 대한 존경 때문이 아니라 내 말에 대해서도 면밀히 검토해 보고 나서 옳다고 생각되거든 받아들여야 할 것이오."라고 하면서 객관적인 보편 타당한 연기적 변화의 진리를 강조했다. 어떠한 주장이나 이론 및 관습과 전통은 시대에 따라 변하는 것이 연기적 세계의 특징이다.

한편 데리다는 항상 변화하는 열린 세계, 열린 사고思考, 열린 사상思想, 열린 주의主義 등을 대상으로 한다고 했다.[59] 이들은 오해誤解의 법칙(성공적 의사소통은 언제나 다른 실패의 가능성을 포함 한다. 타협도 다시 새로운 타협을 낳는다.)에 따라서 교정된 것이 아니라 언제나 성공에는 실패의 가능성이 내포되는 연기법에 의존한다.

　　불교계에서는 오래 전부터 내려오는 관습과 전통을 고수하려는 경향이 짙다. 이런 행위는 변화하는 연기적 이법에 위배되는 것으로 자칫하면 스스로의 몰락을 초래할 수도 있다. 왜냐하면 오래된 관습과 전통이 변화하는 현실과 괴리됨으로써 내용과 실제가 일치하지 않기 때문이다.

59 『How to read 데리다』 : 페넬로페 도이처, 변성찬 옮김, 웅진, 2007, 102쪽

17

우연성
연기와

일반적으로 우리는 필연성必然性을 선호한다. 왜냐하면 필연성은 분명한 원인과 결과를 제공해 주기 때문이다. 그러나 실제생활에서는 필연성보다 우연성偶然性이 더 많이 나타난다.

『밀린다왕문경』에서 나가세나 존자는 밀린다왕에게 "그러므로 업業의 결과로 생기는 것은 적고 우연히 생기는 것이 더 많습니다. 잘 알지도 못하면서 모든 것은 업의 결과로 생긴다고 하면 그것은 어리석은 말입니다. … 사람은 누구나 업에 의하여 고통 받으며 업 이외에 고통을 일으키는 원인은 없다는 말은 잘못입니다."라고 했다.

여기서 업이란 '몸[身業]·입[口業]·뜻[意業]'의 삼업三業으로 짓는 행위行爲 일체를 뜻한다. 산길을 지나다가 위쪽에서 굴러 떨어진 돌에 머리를 다치는 경우는 자신의 필연적인업에 의한 것이 아니라 우연적인 사고이다.

일반적으로 각 개체는 다른 구성원들 및 자연 사이에 복잡한연기적 관계를 이루고 있다. 따라서 어떤 것을 미리 정확히 예측할 수 없으므로 주로 우연성을 띠고 일어난다. 따라서 연기 관계는 우연성偶然性을 특징으로 한다. 그러므로 모든 것이 일정한 업의 결과로 생기는 것보다는 우연으로 생기는 것이 많다. 그리고 복잡한 연기적 세계에서는 업에 따른 필연적인 과보(果報 : 因果應報)라고 보는 필연성必然性이 부정된다. 이런 점에서 연기적 관계는 현실적인 것이지 미리 예정된 내세적來世的인 것이 아니며 또한 어떠한 절대자의 의지에 의해 결정 지워지므로 인간의 의지가 무능해지는 허무적인 것도 아니다.

인연관계에서는 인因이 연緣을 잘못 만나면 원하는 과果를 이루지 못한다. 또한 인과법칙에서는 인이 연을 잘 만나면 반드시 그에 상응하는 과가 생긴다는 것이다. 예를 들면 콩심은 데 콩 난다는 것이다. 그러나 이러한 인과법칙이 반드시 성립하지는 않는다. 왜냐하면 비가 충분히 오지 않거나 또는 병충해가 심하면 싹이 생기지 않아 콩이 나오지 않을 수도 있기 때문이다. 일반적으로 복잡한 연기관계에서는 인이나 과가 복잡한 연기적 성질을 띠므로 인에 상응하는 과가 반드시 발생되기가 어렵다.

슈테판 클라인은 "자연 법칙, 우연, 인간 행동의 복잡성은 유일 신 혹은 다수의 신 앞에서 후퇴한다. 그리하여 인간 삶의 이해할 수 없는 일조차 더 높은 계획의 시각에서 그 의미를 획득한다. 대부분의 종교는 우연을 우주의 법칙을 인식할 수 없는 인간이 갖는 환상일 따름이라고 여긴다."[60]라고 했다. 불교를 제

60 『우연의 법칙』: 슈테판 클라인, 유영미 옮김, 2010, 244쪽

외한 모든 종교에서는 유일신唯一神의 절대적 의지에 의해 세계가 이루어졌기 때문에 성서聖書의 내용은 절대적인 신비적 이야기로 엮어진 것에 불과하다. 따라서 이들 종교에서는 자연법칙이나 우연성, 인간의 의지적 활동 등이 허용되지 않는다. 그리고 자연에서 일어나는 우연성은 절대자의 필연적인 우주 법칙을 이해할 수 없는 인간의 환상에 불과하다고 본다.

다윈은 자연의 다양성을 우연으로 설명한다. 어떤 생물도, 인간의 어떤 특성도, 계획에 따른 것은 없다. 진화進化가 무슨 일을 불러왔건 간에 목표도 없었으며, 최선의 해결책을 찾겠다는 야망 같은 것은 더더욱 없었다. 중요한건 그저 살아남는 것이었다.[61]

　　연기의 세계에서는 미래를 예측하는 것이 아니라 미래를 만들어 간다. 이 세상에서 발생 가능한 사건은 언제나 일어나며, 사건의 대부분은 우연적이므로 예측이 어려울 뿐이다.

　　프랑스 미생물학자 루이 파스퇴르는 "우연은 준비가 잘된 사람에게 행운을 선사한다."라고 했다.

한편 스피노자는 "우리가 오직 개물(個物 : 個體)의 본질에만 주의할 경우, 개물의 존재를 필연적으로 정립하거나 필연적으로 배제하는 어떤 것도 발견하지 않는 한 나는 개물을 우연적이라고 한다."[62]라고 했다. 즉 사물의 존재는 연기적으로 우연성을 따르며 절대신絶對神에 의한 필연성必然性이 아니라는 것이다.

　　불교는 연기법을 근본으로 함으로 다양한 연기관계에서

61　『우연의 법칙』: 슈테판 클라인, 유영미 옮김, 2010, 119쪽
62　『에티카』: 스피노자, 강경계 옮김, 서광사, 2012, 246쪽

일어나는 우연성偶然性과 불확실성不確實性이 수용된다. 따라서 불교는 미래를 예측하는 것이 아니라 미래를 만들어 가는 종교이다. 필연은 인간을 우월하게 만들지만 우연은 인간을 겸손하게 한다.

18

연기와 불확실성

우리는 가정이나 사회에서 확실성確實性보다는 불확실성不確實性을 많이 경험한다. 이것은 구성원들 사이의 연기적 관계가 복잡하기 때문이다. 일반적으로 두 개체 사이에서 일어나는 일은 대체로 확실성을 가지고 짐작할 수 있다. 그러나 개체가 많은 집단에서는 어떤 것이든 확실성을 가지고 이야기하기가 어려워진다. 예컨대 집단에서 각 개체는 모든 구성원으로부터 연기적 영향을 연속적으로 받기 때문에 총체적으로 연기의 영향을 미리 예측할 수 없고 또 그 영향의 규모도 추정할 수 없게 된다. 따라서 다양한 사물로 이루어진 연기적 세계에서는 정밀성이나 정확성 및 완전성 등을 기대하기란 불가능하다.

그러나 종교적 신앙에서는 확실성을 전제로 한다. 그렇지 않으면 신앙이란 믿음 자체가 성립하지 않는다. 신앙이란 어디까지나 개인적인 것이지 다수성多數性에 따른 연기적인 논리적 산물이 아니기 때문이다.

연기적 세계에서 만물은 무자성無自性으로 무아無我이며 무상

無常이다. 따라서 만물이 동시에 연속적으로 변화하는 세계에서는 과거를 확실하게 알 수 없으며 미래 또한 확실하지 않다. 결국 연기적 관계에서 만물의 진화의 역사는 항상 불확실성不確實性을 내포하게 된다. 인생에서 한치 앞을 알 수 없다는 것도 연기적 진화의 불확실성을 두고 하는 말이다. 인간계나 자연계에서는 불확실한 무질서無秩序 속에 진정한 연기적 진리가 내재하는 법이다.

물리적 세계에서는 하이젠베르크의 불확정성원리不確定性原理가 만족된다. 예를 들면 위치를 정확히 알려고 하면 속도[운동량]를 정확히 알 수 없고, 속도를 정확히 알려고 하면 위치를 정확히 알 수 없게 된다. 즉 위치와 속도를 동시에 정확히 아는 것이 불가능하다. 이러한 불확실성은 자연의 속성으로 자연의 만물은 이런 속성을 근거로 하여 진화한다. 불확실성이 성립하는 곳에서는 일반적으로 비인과율非因果律이 적용된다.

화이트헤드는 "인간 지성의 한계에 서 있다는 안타까운 감정 없이 시간과 자연의 창조적 추이의 신비를 명상한다는 것은 불가능하다."라고 했다. 이것은 우리의 인식이 시간과 공간적으로 제한된 정보를 통해 이루어지므로 자연에 대한 우리의 사고는 항상 불확실성과 모순성을 내포하고 있음을 의미한다.

그리고 물리학자 하이젠베르크는 "우리가 관찰하고 있는 것은 자연 그 자체가 아니라 우리의 질문방식에서 드러난 자연이다. 삶의 조화에 대한 추구에서 삶이라는 연극 중의 우리는 관객이자 동시에 배우라는 사실을 결코 잊어서는 안 된다."라고 했다. 우리는 자연에 대해 질문을 던지고 그리고 스스로 답을 찾는다. 이것은 바로 관객인 동시에 배우에 해당한다. 따라서 주관적 해석에는 당연히 불확실성이 내재하기 마련이다.

특히 과학의 주제가 확대됨에 따라 우주와 과학의 연기적 관련성은 축소되어 간다. 왜냐하면 과학은 보다 엄밀하게 정의되는 환경(관련되는 추상성을 중시하는)을 전제로 함으로 주제가 확대될수록 세분화되어 오히려 전체를 종합 통일시키는 시스템적인 전일적全一的 사상이 결여되기 때문이다.

19

연기와 최소작용의 원리

最小作用

상호간에 유위적 조작이 있는 주고받음[授受]의 관계를 유위적有爲的 연기라 하고, 아무런 유위적 조작이 없는 주고받음의 관계를 무위적無爲的 연기라고 한다. 자연은 무위적 연기관계를 따르지만 인간은 아집我執과 법집法執 때문에 주로 조작된 유위적 연기관계를 이어간다. 이것은 자연이 연기법을 무위적으로 따르고 있음을 뜻한다. 이에 비해 인간은 조작된 유위법을 따른다.

일반적으로 무위적 연기관계는 항상 에너지가 가장 낮은 상태에 머물고, 외부 영향에 대해 최소 에너지로 반응한다. 이를 최소작용最小作用의 원리라 한다. 비가 오면 산위의 물은 가장 낮은 아래로 흘러내려온다. 이것은 아래쪽이 가장 낮은 에너지 상태이기 때문이다. 바람이 불면 나뭇잎이 흔들린다. 이때 나뭇잎은 바람의 힘이 미치는 만큼 움직인다. 따라서 잎은 외부 힘에 대해서 최소 에너지로 반응하게 된다. 이처럼 에너지가 최소로 소모되는 원리는 만물이 안정성安定性을 이루어가는 진화의 원리이다.

자연의 만물은 무위적으로 최소작용의 원리를 따른다. 예를 들어 흘러가는 물은 항상 가장 에너지가 적게 드는 길을 따라서 이동하며 최소작용의 원리를 만족한다. 그래서 강물은 직선의 길을 따르지 않고 마치 뱀처럼 굴곡이 있는 자연스러운 흐름의 길을 따라가게 된다. 그러나 인간은 자유의지에 따른 조작된 유위적 행으로 인해 최소작용의 원리를 잘 따르지 않고 이기적이고 소유적인 방향으로 행동함으로써 무위적無爲的 연기법緣起法을 따르지 않는다. 오히려 행복과 편익 추구를 위해서는 에너지를 최대로 소모하게 된다. 이러한 에너지는 자연으로부터 얻는 것이므로 결국 자연이 훼손되고 파괴되는 것은 지극히 당연한 결과이다.

　　인간이 자유의지를 중시한다는 것은 곧 자아의 존재를 찾는 것으로 무상無相을 근본으로 하는 연기법 즉 자연의 이법에 어긋나는 행위를 유발하게 된다. 인간이 에너지를 많이 쓸수록 자연은 에너지 순환의 균형을 잃게 되며 이에 따른 피해는 고스란히 인간이 되돌려 받게된다. 즉 자연이 불안정한 상태에서 다시 안정된 에너지 평형상태平衡狀態로 이행해 가는 과정에서 나타나는 여러 가지 영향에 의해 인간은 커다란 피해를 입기 마련이다.

　　『금강경』은 '공동체가 어떻게 해야만 사상四相을 여의며 올바른 삶을 살아갈 수 있는가'를 보여 주는 대중(大衆 : 集團)의 올바른 연기적 삶의 과정을 보여주는 경전이다. 즉 『금강경』은

무위적 연기를 나타내 보이는 경전이며, 『반야심경』은 연기
공緣起空을 강조한 연기 본체의 경전이다. 이들은 모두 무위
적 연기관계를 통해서 최소작용의 원리를 따르는 경전이다.
실제 생활에서 최소작용의 원리를 따르는 것은 '가능한 적게
가지고 불편함'을 인욕바라밀로 이겨내는 것이다. 참고 인내
하는 인욕바라밀은 먼저 '자신을 내려놓음'으로써 에너지가
가장 적게 드는 수단이다. 즉 자신을 가능한 항상 최소 에너
지 상태에 두도록 해야 한다.

스피노자는 "인간이 자연의 일부가 아니라는 것은 불가능하
며, 또한 인간이 오로지 자기의 본성本性에 의해서만 이해될
수 있는 변화, 곧 자신이 타당한 원인이 될 만한 변화만을 받
아 들인다는 것은 불가능하다."[63]라고 하면서 "인간은 … 자
연의 공통된 질서를 따르고 그것에 복종하며, 사물의 본성이
요구하는 것만큼 그것에 적응한다."[64]라고 했다. 이것은 인간
이 근본적으로는 자연과 더불어 가능한 최소작용의 원리를
따르는 무위적 연기법을 이루어 가야함을 뜻한다.

천체의 경우에 최소작용의 원리를 만족하는 한 실례를 살펴보자.
　　토성 주위를 원 궤도로 도는 질량이 큰 타이탄 위성 바
깥에 질량이 매우 작은 하이페리온 위성이 타원 궤도로 돌고
있다. 이 위성의 질량은 타이탄의 1/1000로 아주 작다. 타이
탄이 토성 주위를 4바퀴 돌 때 하이페리온은 3바퀴 돈다. 두

63　『에티카』: 스피노자, 강경계 옮김, 서광사, 2012, 250쪽
64　『에티카』: 스피노자, 강경계 옮김, 서광사, 2012, 251쪽

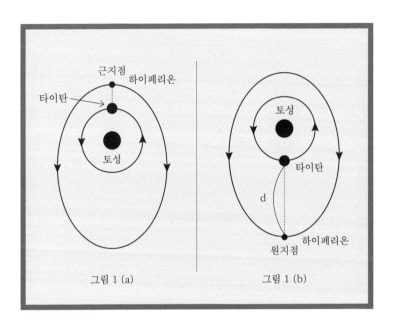

근지점
하이페리온
타이탄
토성

그림 1 (a)

토성
타이탄
d
하이페리온
원지점

그림 1 (b)

그림 1 | 섭동

위성은 토성의 인력에 끌려 토성 주위를 돌지만 하이페리온은 타이탄의 강한 섭동攝動을 받으면서 공전한다.

　　예를 들어 [그림1(a)]에서 하이페리온이 타이탄과 가장 가까이서 만나는 근지점(近地點 : 토성에서 가장 가까운 거리)에 두었다고 하자. 이때 하이페리온은 타이탄으로부터 가장 강한 섭동을 받기 때문에 궤도 운동이 가장 불안정해진다. 그러면 하이페리온은 타이탄으로부터 섭동을 가장 적게 받는 쪽으로 움직이며 궤도를 조정해 간다. 여기서 가장 안정된 궤도운동을 하는 지름길은 하이페리온이 타이탄과 만나는 거리를 최대로 하여 섭동 효과를 최소화 하는 것이다. 이러한 과정을 거쳐서 나타난 결과는 [그림1(b)]처럼 두 위성이 만나는 거리는 하이페리온이 원지점(遠地點 : 토성에서 가장 먼 거리)에서 타이탄을 만나는 거리 d보다 항상 멀게 된다. 이러한 현상이 자연에서 일어나는 최소작용의 원리다. 즉 외부 섭동에 대해 최소에너지로 대응하면서 가장 안정된 운동 상태를 유지하는 것이다.

20

연기와 삼학三學

계학戒學·정학定學·혜학慧學 삼학三學은 연기법을 따르는 자연 만물의 존재이법으로서 연기적 관계에서 일어나는 최소작용의 원리에 해당한다. 여기서 戒와 慧는 외부 영향에 대해 최소 에너지로 반응하는 것이며, 정定은 안정된 최소 에너지 상태에 머무는 것이다. 삼학의 구체적 수행으로 팔정도八正道를 든다. 이중에서 정어(正語 : 바른 말), 정행(正行 : 바른 행위), 정명(正命 : 바른 생활)은 戒에 해당하며, 정념(正念 : 바른 집중 또는 마음챙김), 정정(正定 : 바른 선정), 정정진(正精進 : 바른 정진)은 정定에, 그리고 정견(正見 : 바른 견해)과 정사유(正思惟 : 바른 사유)는 慧에 해당한다.

무위적 연기과정을 따르는 자연은 최소작용最小作用의 원리를 잘 따르지만 인간은 지성知性에 따른 이기적인 자유의지(自由意志 : 유위적 연기과정)를 행사함으로써 최소작용의 원리를 잘 만족하지 못하기 때문에 삼학의 실천이 강조된다. 결국 아집(我執 : 나에 대한 집착)과 법집(法執 : 사물에 대한 집착) 때문에 '탐貪·진瞋·치癡'에 따르는 삼학이 잘 지켜지지 않으므로 수행이 필요한 것이다.

삼학에서 계가 가장 앞에 나오는 것은 계율이나 규칙, 질서 등이 반드시 잘 지켜져야 한다는 것이다. 그렇지 않으면 정과 혜는 저절로 지켜지지 못하게 된다. 그리고 계와 정을 잘 지켜도 바른 지혜가 없다면 삼학은 이루어지지 못한다. 또한 정에서 안정된 상태에 이르지 못하면 역시 삼학이 잘 지켜지지 못하게 된다. 따라서 '계학·정학·혜학' 삼학 중에서 어느 하나 중요하지 않은 것이 없다. 이러한 삼학은 최소작용의 원리를 따르는 연기법의 필수적인 수행방도이다.

『장아함경』에서 석가모니 부처님이

> "나는 오직 선도善道를 찾고자
> 내 나이 스물아홉 살에 출가하여
> 이미 쉰 한 해가 되었지만
> 그간 깊이 홀로 생각해 온 것은
> 다만 계·정·혜의 실천이었다.
> 이 세 가지 실천하는 것을 떠나서
> 그 어디에도 수행자의 길은 없었느니라."

라고 했다. 이만큼 삼학은 연기적 삶의 과정에서 가장 중요한 수행 방법인 것이다.

삼학의 철학적 의미를 살펴보면 계戒는 윤리와 도덕적 행위로서 실천적實踐的 문제이며, 정定은 무위적 상태를 지향하는 것으로 계와 더불어 인간학적人間學的 문제에 해당한다. 그리고 혜慧는 우주의 본질을 규명하는 것으로 존재론적存在論的 문제로 자연계에 연관된다. 따라서 연기법을 바르게 이해하고 행함이 곧 계이고 정이고 혜이다.

이러한 사상은 결국 『실천이성비판』에서 "조용히 깊이 생각하면 생각할수록 더욱더 언제나 새롭고 그리고 고조되는 감탄과 숭엄한 감정으로 마음을 채우는 것이 둘이 있다. 그것은 내 위에 있는 별이 빛나는 하늘과 내 안에 있는 도덕률이다." 라고 말한 칸트와 "만약 백성을 얻는 도리만 이해하고 하늘의 도道를 얻지 못하면 곧 백성의 도리 역시 거기에 있는 것이 아니다. 궁극에 이르러서는 이치는 오직 하나이다. 요컨대 모두 두루 보아야 비로소 얻는다."[65]라는 주희朱熹의 인간과 자연의 합일사상合一思想에 관련된다. 그리고 『노자』 제25장 에서 "사람은 땅을 본받고, 땅은 하늘을 본받고, 하늘은 도道를 본받고, 도는 자연自然을 본받는다."라고 하면서 궁극적으로 사람은 자연과 하늘의 도리를 본받아야 함을 강조하고 있다.

이러한 무위적인 천인합일天人合一 사상에 이르기 위해서는 우주만물이 어떻게 최소 작용의 원리에 따라서 삼학三學을 잘 이루어 가야 하는가를 올바르게 이해하고 실천해야 할 것이다. 우주만유는 무질서한 것 같으면서도 일정한 질서를 따르

---

65 『주희의 철학』: 진래, 이종란 외 옮김, 예문서원, 2002, 97쪽

며, 고요한 듯 하면서도 끊임없이 움직이고, 생멸이 무질서
해보이지만 그 속에는 정연한 생사生死의 존재론적存在論的 연
기법緣起法이 내재해 있다.

21

연기와 사성제 四聖諦

'고성제苦聖諦·집성제集聖諦·멸성제滅聖諦·도성제道聖諦'의 사성제 四聖諦는 연기법을 따르는 자연의 존재이법存在理法이다. 이것을 인간계와 자연계에 대해 살펴보면 다음과 같다.

사성제	인간계	자연계
고(苦)	고통	불안정한 사건
집(集)	고통의 원인	사건의 축적
멸(滅)	고의 원인 제거	기존 질서의 소멸
도(道)	고를 없애는 방도	새로운 질서의 창출

인간계의 사성제에서 고苦는 고통이고, 집集은 고통의 원인이 며, 멸滅은 고통의 원인을 없애는 것이고, 도道는 고통을 없애 는 방도이다. 인간계의 경우와 달리 무위적으로 연기관계를 이어가는 자연계의 사성제에서 고苦는 연기적 관계에서 일어 나는 불안정한 사건이며, 집集은 이러한 사건의 축적이며,

멸滅은 불안정한 사건의 축적으로 기존의 질서가 사라지는 것이며, 도道는 주로 혼돈과정을 통한 새로운 질서의 창출創出이나 창생創生이다. 자연 만물은 무위적으로 이러한 사성제를 잘 따르면서 진화하고 있다.

예를 들면 거대한 차가운 성운星雲이 불안정한 상태에서 중심부로 서서히 중력수축을 하다가 어느 단계에 이르면 혼돈 상태에서 급격한 빠른 수축인 중력붕괴重力崩壞가 발생한다. 그러면 중심부의 온도가 천만도 이상 상승하면서 4개의 수소핵이 모여 하나의 헬륨핵을 만드는 수소핵 융합반응의 발생으로 막대한 복사에너지의 방출로 빛을 내는 별로서 탄생된다. 결국 별의 탄생은 자연의 사성제四聖諦를 거쳐서 이루어지는 셈이다.

인간의 사성제에서 고는 고통이며 이것은 연기적 관계에서 생기는 것이다. 집은 고통의 원인이다. 자연은 외부 변화에 대해 무위적으로 수용 적응하지만 인간은 지성에 따른 자유의지로 유위적 행을 일으키기 때문에 다양한 고의 원인을 만들어 낸다. 멸은 열반涅槃에 들기 위해 고의 원인을 없애는 것이다. 도는 고의 원인을 없애는 방도이다. 즉 탐·진·치 삼독이나 사상四相을 여의고 열반에 이르도록 삼학의 팔정도八正道 수행을 강조한 것이 도道이다. 인간의 사성제는 주로 개인적인 것에 국한된다. 그러나 집단에서는 자연 만물의 사성제처럼 연기적 세계에서 삶의 가치와 존재가치의 실현이라는 새로운 질서의 창출이 목적이 되어야 할 것이다.

일반적으로 불교에서는 고苦 즉 고통을 매우 중시한다. 물론 인생이 고통과 번뇌의 연속이라고는 하지만 항상 고통스럽다면 이것은 고통이 아니라 오히려 평상심平常心을 지닌 여여如如함이다. 사람들은 누구나 정신적이든 물질적이든 고통스러운 경험을 지닌다. 그러나 이런 고통도 아주 오래 지속되는 것은 아니다. 왜냐하면 스스로 노력하여 고통이나 번뇌를 해소하기 때문이다. 그렇다면 반드시 고통을 강조할 필요가 있겠는가? 고통을 이야기함으로써 청자聽者들로 하여금 오히려 마음을 혼란스럽게 만드는 효과가 있다. 이런 관점에서 대만의 남회근 국사가 "종교라는 게 사실은 번뇌를 찾고 있는 것이다."[66] 라는 말에 수긍이 간다. 번뇌가 번뇌를 일으키게 한다면 이것은 올바른 종교가 아니다.

고통과 즐거움은 동전의 양면과 같은 것이므로 고통 대신에 즐거움을 이야기하는 것이 더 유쾌한 기분을 느끼도록 할 수 있지 않겠는가? 결국 사성제의 강조는 인간의 나약성을 강조함으로써 혼란스러운 느낌을 가지도록 하는 경향이 있다. 따라서 괴로움의 굴레에서 허덕이는것 보다는 자연의 사성제처럼 항상 새로운 질서를 창출할 수 있도록 하는 것이 더 효과적인 사성제의 설명이 아닐까?

『쌍윳따 니까야』에서 이르기를 "마음을 혼란스럽게 하는 것

---

66 『원각경 강의』: 남회근, 송찬문 옮김, 마하연, 2012, 462쪽

을 가지고 있으면 윤회輪廻하게되고, 그런 것이 없으면 윤회하지 않느니라. … 이 몸을 버리고 다른 몸으로 태어나는 경우에는 집착이 기름이 된다고 말할 수 있다. 정말로 집착은 윤회에 있어서 기름이니라."라고 했다. 따라서 고통이나 번뇌에 대한 집착이 없다면 청정한 마음을 지닐 수 있으므로 윤회도 없게 될 것이다. 실은 고통이나 번뇌에도 진리가 내재함으로 이들을 나쁘게 보고 피해갈 필요는 없다.

스위스 사상가 칼 힐터는 "위대한 사상思想은 반드시 커다란 고통이라는 밭을 갈아서 이루어진다. 갈지 않고 둔 밭에서는 잡초만 무성할 뿐이다. 사람도 고통을 겪지 않고서는 언제까지나 평범하고 천박함을 면치 못한다. 모든 고난은 차라리 인생의 벗이다."라고 했다. 여기서 고통은 번뇌의 집착에 따른 것이 아니라 진취적인 발전적 과정에서 나타나는 인내를 뜻한다.

22

연기와 사상四相

『금강경』의 〈정신희유분〉에서 이르기를 "수보리야, 여래는 이 모든 중생들이 이와 같이 한량없는 복덕을 얻는 것을 다 알며 다 보느니라. 어찌한 까닭이냐? 이 모든 중생은 아상我相도 없으며 인상人相, 중생상衆生相, 수자상壽者相도 없으며 법상法相도 없으며 또한 법 아닌 상相도 없기 때문이니라. 어찌한 까닭인가 하면 이 모든 중생들이 만약 마음에 상相을 취하면 곧 아상과 인상과 중생상과 수자상에 집착함이 되며, 만약 법상法相을 취하더라도 곧 아상과 인상, 중생상, 수자상에 집착함이 되느니라. 어찌한 까닭이냐? 만약 법 아닌 상을 취하더라도 이는 곧 아상과 인상, 중생상, 수자성에 집착함이 되느니라. 이런 까닭으로 마땅히 법을 취하지 말아야 하며 마땅히 법아님도 취하지 말아야 하느니라."라고 했다. 결국 어떤 상相이든 상相에 집착하지 않고 이를 여의는 것이 바른 불법의 따름이다.

아상, 인상, 중생상, 수자상의 사상四相 중에서 아상(我相 : 주체적 앎과 느낌, 주관적 자기중심 주의)과 인상(人相 : 상대적 자만심이나 대립적인 자기우월주의)은 타자와 연기관계를 원만하게 이루지 못하기 때문에 자만심이나 증상만增上慢을 일으키게 된다. 인간이 만물의 영장이라고 하는 것은 인간이 자연의 만물보다 우월하다는 생각에서 나오는 인상人相에 따른 것으로 인간중심적 사상이다.

한편 생生과 사死는 인연화합에 따라 그 존재 모습이 달라질 뿐이지 근본적으로는 같은 것이다. 그런데 생사를 분별하면서 생에 대한 지나친 애착을 가진다. 그래서 사후에 자신의 영혼[靈識]의 존재를 믿으며 좋은 곳에 다시 태어나기를 바라는 수자상壽子相을 가지게 된다. 결국 삶과 죽음은 형태가 다를 뿐이지 근본은 같은 것으로서 모두 불성佛性을 지니고 있다. 그런데 삶을 중시하고 죽음을 두려워하므로 사후에도 생전과 같은 자신의 정체성에 집착하는 우愚를 범하게 된다. 결국 만물이 무아無我인데 이를 거부하고 아我의 존재가 영원하기를 바라는 것이다.

중생상은 자신이 타자와 어떠한 연기관계를 이루고 있는지를 모르는 무지無知 때문에 자신의 본분을 모른 채 대중이나 사물 또는 주의主義나 주장에 쉽게 휩쓸리는 것으로 외물에 집착하는 법집法執에 해당한다.

　　수전 블랙모어의 밈[67]은 일종의 중생상에 연관된 정보 전달체이다. 불교에서는 이타적 밈이 바람직하다. 이러한 밈에는 3가지 필수 조건이 있다. 즉 행동의 형태와 세부 사항이 복사되는 유전과 실수나 꾸밈 같은 변화를 덧붙인 채 복사되는 변이變異 그리고 모든 행동이 아니라 일부만이 성공리에 복사되는 선택

---

67 『밈』: 수전 블랙모어, 김명남 옮김, 바다출판사, 2010

이다. 상호 이득을 꾀하면서 하나로 뭉친 밈들의 집합체인 밈플렉스의 역할이 종교에서 매우 중요하다. 왜냐하면 이를 통해 공통된 중생상이 강화되므로 교세가 확장될 수 있기 때문이다.

아상, 인상, 수자상은 자아에 집착하는 아집我執에 해당하며, 인상, 중생상, 수자상은 궁극적으로 아상에 연관된다. 아상, 인상, 수자상, 중생상 등 사상四相의 여읨은 유위적 조작이 없는 무위적 연기를 뜻한다. 이런 관점에서 『반야심경』이 연기空緣起空을 설명한 연기의 본체적 경이라면, 『금강경』은 사상四相을 여의는 무위적 연기의 방편적 경이라고 볼 수 있다. 사상의 여읨은 비단 종교적 생활에서 뿐만 아니라 모든 학문 분야에서도 이루어져야 한다.

　　이런 관점에서 소천韶天 선사가 "『금강경』은 일체 종교, 철학, 도덕, 정치, 경제, 예술, 일체 사농공상士農工商 등 모든 문물文物, 과학의 경전인 것이다. 만일 불교인으로 『금강경』은 불교의 경전만으로 안다면 이는 불교를 바로 알지 못하는 박지薄智인 것이다."[68]라고 했다.

『법화경』에서 석가모니 부처님은 "내가 본래 세운 서원誓願이 일체 중생으로 하여금 나와 같이 평등하여 다름이 없게 하려 함이다."라고 했다. 부처님은 비록 남을 제도한다고 해도 자신이 남보다 더 높다는 아상我相이나 인상人相이 없이 모든 중생이 평등해야 한다는 것을 서원으로 삼았다는 것이다. 붓다의 불교에서는 이처럼 평등성을 근본으로 한다.

---

68 『소천선사문집II』: 소천선사문집간행위원회, 불광출판부, 1993, 480쪽

23

연기의 종류

연기의 종류에는 여러 가지가 있지만 여기서는 중요한 몇 가지
만 살펴본다.

(1) 존재론적 연기

존재론적 연기란 만물의 존재가치나 삶의 가치의 동등성을 추
구하는 연기이다. 여기서는 만물의 '공생共生·공멸共滅'인 공존
共存과 생명평등성生命平等性을 중시한다. 이런 관점에서 불법의
연기는 존재론적 연기로서 인간과 자연의 연기관계에서는 인
간이나 만물의 존재가치가 동등한 관계를 지니게 된다. 이를
'인간의 자연화自然化' 또는 '자연의 인간화人間化'라고 한다.

　　　미국의 정신분석학자 에리히 프롬은 "무의식無意識의
내용은 선도 악도 아니며, 이성적인 것도 비이성적인 것도
아니다. 그것은 양면을 다 가지고 있다. …… 무의식이란 우주
에 근원을 둔 보편적 인간 즉 전인全人을 의미한다. … 또한
인간이 자연화 되는 것과 마찬가지로 자연도 인간화 되는 그
날을 나타내고 있다."라고 했다.

이러한 무위의 경지에서 인간이 자연과 하나 되는 선어禪語를 살펴보면 "무엇이 옛 부처의 마음입니까?"라는 물음에 혜충 국사는 "담장의 기왓장과 조약돌이다"라고 했고, 천복승고 선사는 "여러분이 참구하며 배우는 마음과 수행하는 마음을 쉬도록 하려는 것이다. 마치 한 개의 돌덩이와 같아야 하며 또 불이 꺼진 식은 재와 같아야 한다."라고 했다.[69] 기왓장과 조약돌도 불성佛性을 지닌 부처이고, 돌덩이도 역시 불성을 지닌 부처이니 어찌 이들이 우리와 다르겠는가? 우리와 함께 연기적 세계를 이루고 있는 이들을 분별함은 이미 불법을 떠난 것이다.

(2) 소유론적 연기

소유론적所有論的 연기란 유위적인 비자연적非自然的 연기로써 물질적 소유와 타자를 지배하고자하는 욕구를 지니는 연기이다. 이것이 일반적으로 자기중심적이고 경쟁적인 연기적 세계를 이루게 된다. 오늘날 자본주의 사회에서는 경쟁적인 소유론적 연기가 인간의 무위적 본성을 해치고 있다.

에리히 프롬은 『소유인가 존재인가』에서 소유자는 자기 자신이 의지대로 살고 있다고 믿으며, 그들의 의지 자체가 통제되고 조작된다는 사실을 모르고 있다고 했다. 그리고 소유 양식 안에서 사람의 행복은 다른 사람에 대한 우위, 힘 그리고 결국엔 정복하고 빼앗고 죽이는 자기 능력에 달려있는 반면에 존재 양식 안에서는 행복을 사랑하고 공유하고 주는 행동에 있다고 했다.[70] 결국 존재양식은 여기, 지금의 과정이 중요하

---

69 『직지, 길을 가리키다』 : 이시우, 민족사, 2013, 242쪽, 412쪽

70 『소유인가 존재인가』 : 에리히 프롬, 심일섭 옮김, 도서출판 한글, 1999, 114쪽

며, 소유양식에서는 과거, 현재, 미래에 걸쳐 소모하는 탐욕에 사로잡힌 인간 노예에 불과하다.

(3) 의타적 연기

의타연기는 적극적인 상호 의존적 관계성이다. 타자에 의존하는 의타적依他的 연기관계에서는 타자의 존재가치가 주체의 존재가치만큼 중요하다. 즉 자타自他의 중요성이 동등하다. 그런데 인간의 경우에는 우월적이거나 지배적인 의타적 연기관계를 이루어 가고 있다.

　　이 경우의 예를 살펴보면 선가禪家에서는 '가는 곳마다 주인공이 되며, 어디서나 모든 진리를 구현한다.' 또는 '어디서나 제 안의 주인공主人公을 잃지 않으면 어디에 처하든 참되리라.'라는 수처작주 입처개진隨處作主·立處皆眞을 중시한다. 이것은 주체의 자유자재自由自在함을 강조하는 것으로 자아를 인정함으로써 불법의 무아사상無我思想에 모순되는 것처럼 보인다.

　　무아無我의 세계에서는 주인 또는 주인공이라는 특성한 자아의 자성이 존재할 수 없다. 그리고 주객主客이 상호 의존적인 연기법에 따르면 상호간에 어느 누가 주인이 되는 것이 아니라 주체와 객체는 언제 어디서나 서로 동등한 상의적 연기관계를 이루면서 진실한 법성(法性 : 佛性)을 드러내도록 함이 마땅하다. 왜냐하면 서로가 연기관계를 이어가면 자타가 동일해지는 원융무애圓融無碍한 상즉상입相卽相入의 경지에 이르기 때문이다.

선구禪句인 '수처작주 입처개진'에 해당하는 바른 뜻은 『증일아함경』에 있는 다음과 같은 내용에 해당한다고 볼 수 있다. "… 자신의 발로 세상에 우뚝 서서 자신의 삶을 살아가는 데, 자신의 성품을 깨달아 본성에 맞게 살아간다. 그런 사람을 주체적 행동인이라 하겠다. 비구들이여, … 그 누구보다도 자신의 체험을 중시하고 붓다의 말이라고 해도 맹목적으로 추종하기를 거부하는 사람이 되어 주기를 바란다." 여기서 주체적 행동은 자유의지에 따라 행동하는 것이 아니라 자신의 본성(本姓 : 佛性)에 알맞게 자신의 체험을 중시하면서 연기법을 따라서 살아가는 주체적 행동인을 뜻하는 것이지 결코 자기중심적인 의타적 연기의 주인공이 되라는 뜻은 아니다. 왜냐하면 연기적 세계에서는 주객불이主客不二이기 때문이다.

(4) 아뢰야식 연기

아뢰야식에 저장된 정보에 의한 연기(대승적 견해)로서 주관과 객관의 일체가 모두 아뢰야식의 전변轉變으로 나타난다는 연기이다. 일반적으로 객관적 대상과 무관하게 유심적唯心的인 마음[정신]과 마음 사이에서 일어나는 연기관계이다.

(5) 업감業感연기

세계의 여러 현상이 변화하는 모습은 중생의 업인業因에 의해서 생기는 것이라고 보는 연기로서 일체 만유는 유정有情의 업業에 의해 생기는 연기이다. 즉 만상은 업의 연기적 유전

(流轉∶輪廻)에 의해 이루지는 것이다.

(6) 유전연기와 환멸연기

유전流轉연기는 고락苦樂의 결과를 초래하는 연기이고, 환멸還
滅연기는 수행을 통해 번뇌를 끊고 깨달음을 얻는 연기이다.

(7) 법계연기

우주만유를 일대연기一大緣起로 보는 학설이다. 법계法界의 사물
이 다양한 차이를 이루나 피차 서로 인과 관계를 가지며 어느
하나도 단독으로 존재하지 않는다. 따라서 만유는 모두 동등
한 관계에 있으므로 중생, 불佛, 번뇌, 보리, 생사, 열반 등은 대
립이 아니라 동등하며 원융무애하다. 그래서 하나가 전체이고
전체가 하나 되는 일즉일체一卽一切 일체즉일一切卽一이 성립한
다. 그리고 한 사물은 단독이 아니라 우주만유와 연기적으로
연결되어 중중무진重重無盡의 관계를 이루고 있기에 법계연기
를 법계무진연기法界無盡緣起 또는 화엄연기華嚴緣起라고도 한다.

현수법장賢首法藏에 의한 화엄법계에서 일어나는 화엄연기華嚴
緣起의 특징을 살펴보면 아래와 같다.[71]

① 연기는 개체의 특성을 지닌 다양성을 보인다. 이것은
연기의 다양성을 뜻한다.
② 연기는 널리 가득 차서 서로 도와준다. 이것은 상호 의
존적 연기관계를 뜻한다.

---

71 『華嚴學體系(華嚴五教章)』∶ 賢首法藏, 金無得 역주, 우리출판사, 1998, 287쪽

③ 연기는 서로 조화롭게 일어난다. 이것은 연기는 평등성과 보편성을 지향한다는 것이다.

④ 연기는 현상적 구별성이나 본질적 동일성에 입각하여 상즉상입相卽相入하고 원융무애 圓融無礙하다. 이것은 연기법을 따르면 모두가 차별 없이 본질적으로 동등해지는 상즉상입(서로가 연기관계를 이루며 융합하면 相卽, 하나가 전체이고 전체가 하나 되는 연기적 이법에 이른다. 相入)에 이른다는 뜻이다.

『화엄경』에서 이르기를 "보살이 연기법을 훌륭히 관한다면 하나의 법에서 무릇 많은 법을 깨달으며 그리고 무릇 많은 법에서 하나의 법을 완전히 깨달아낸다."라고 했다. 이것은 '하나가 전체이고, 전체가 하나'인 일즉다 다즉일 一卽多·多卽一의 경지에 이름을 뜻한다.

이것은 의상 대사의 법성게 중에서 "하나 속에 일체 있고 일체 속에 하나 있어, 하나가 곧 일체이고 일체가 곧 하나이다. 한 개의 티끌 속에 우주가 포함되니, 일체의 티끌 속에서도 또한 그와 같다. 무한히 긴 한 겁劫이 한 찰나이고, 한 찰나가 다름 아닌 무한한 겁이다."라는 것과 같은 뜻이다.

⑤ 모든 연기는 서로 연관된 인드라망을 이룬다. 즉 우주만물이 서로 얽매여 연기적 관계를 이루고 있다는 것이다.

이러한 화엄연기에서는 하나를 얻으면 전체를 얻고, 일체를 얻으면 하나를 얻는 것과 같다. 따라서 하나의 번뇌를 단멸하면 일체의 번뇌를 단멸하는 것이다. 또한 하나가 장애되면 일체가 장애에 이른다.

(8) 십현연기(十玄緣起)

화엄종에서 설하고 있는 사종법계 중에서 사사무애事事無碍 법계法界의 특징을 10가지 방면에서 설명하는 것이다. 이들 전체의 뜻을 간추려보면 다음과 같다.

① 만물은 끊임없는 상호작용[연기관계]의 관계에 있다

② 이완상태弛緩狀態에서는 상호작용으로 순수한 것과 순수하지 않은 것이 구별되지 않는다.

③ 이완상태에서 개체는 일정한 계系의 특성을 따르므로 전체는 개체를 규정하고 개체는 전체를 나타낸다. 그리고 각 개체는 동등한 상태에서 각자의 존재가치를 수행한다.

④ 이완계弛緩系는 통계적 특성으로 계 전체를 규정한다. 여기서는 개체의 고유성의 싱실로 부질서가 극에 이르나 이것이 곧 가장 조화로운 상대이다.

⑤ 각 개체의 유기적인 상의적 수수관계로 각 개체는 계系라는 인드라망의 그물코에 놓여 있으면서 상호 작용한다.

⑥ 시간적 진화와 정보의 전달, 즉 과거, 현재, 미래의 10세[72]에 걸친 연기관계로 모두가 서로 얽혀 있다.

⑦ 모든 것은 하나의 고립계가 아니라 하나 이상이 모인 집합계集合系를 구성하여 연기관계를 이룬다.

---

72 『과거(과거의 과거, 과거의 현재, 과거의 미래), 현재(과거의 현재, 현재의 현재, 현재의 미래), 미래 (미래의 과거, 미래의 현재, 미래의 미래), 절대 현재 등을 합하면 10세가 된다.

이상을 종합하면 만유는 고립계가 아니라 유기적으로 상호 연관된 서로 주고받음의 관계 즉 연기관계를 이루면서 개체의 자성이 상실된 무질서의 극치, 즉 이완상태에 놓여 있게 된다는 것을 알 수 있다. 이런 상태에서 만유는 동등하고 평등하다. 나아가 계 전체의 특성이 개체의 특성을 규정하고 그리고 개체는 계 전체의 특성을 만들어낸다. 이처럼 십현연기 十玄緣起는 안정된 평형상태를 이루는 이완계弛緩系의 세계를 잘 나타낸다.

24

집단연기

『금강경』에서 "한때 부처님께서 사위국 기수급고독원에 계시사 대비구 중 천이백오십 인과 더불어 함께 하셨다. 그때는 공양하실 때라 큰 옷 입으시고 발우 가지시어 … 공양을 마친 뒤 의발을 거두시고 발을 씻으신 다음 자리를 펴고 앉으셨다."라고 시작한다. 이러한 『금강경』은 집단연기集團緣起의 대표적인 경전으로 집단의 원만한 연기관계를 이루기 위해서는 아상我相, 인상人相, 중생상衆生相, 수자상壽者相 등 사상四相의 여읨이 특별히 강조되고 있다.

집단이 연기적 관계를 통해서 개체의 정체성이 소멸되는 안정된 이완상태弛緩狀態에 이르면 원만히고 거리낌 없이 원융무애하게 서로가 무아無我에 이르면서[相卽], 집단의 공통적 특성을 형성한다[相入]. 즉 서로가 연기적 이완관계로 무아無我에 이르면, 집단의 공통적 특성이나 이법[佛法]에 든다는 상즉상입相卽相入이 이루어진다.

　　그리고 안정된 이완상태에서 무자성인 무아에 이르면[眞空], 묘법妙法인 이법[佛法]에 들므로[妙有] 상즉상입이면

진공묘유眞空妙有에 이르게 된다. 이러한 이완상태에서 집단은 구성원 전체의 보편적 특성을 따르기 때문에 무위성을 지니며 또한 보편성과 평등성 및 이완성이 달성된다. 그러면 이러한 법계연기法界緣起에서 구성원의 성격은 집단의 공통적인 고유의 특성에 의해 규정된다.

따라서 '하나가 전체이고 전체가 하나이다.[一卽多 多卽一]', 또는 '하나 속에 전체 있고 전체 속에 하나있다.[一中多 多中一]'가 성립되면서 비선형적非線型的으로 자기조직화를 이루는 복잡계複雜系를 형성하게 된다. 그리고 구성원의 정체성 상실로 자타가 동일해지는 불일불이不一不二의 관계가 성립한다. 그러면 나의 괴로움이 남의 괴로움이 되므로 서로가 봉사하며 자비를 베풀게 된다. 이러한 사섭법(四攝法 : 布施,愛語,利行,同事)을 따르는 동체대비同體大悲의 사상은 연기집단의 특성이다.

만약 집단에서 어느 특정 개인에 의한 주의나 주장으로 집단 전체가 이끌려 간다면 그 집단에서는 공통된 집단의 고유한 특성이 성립되지 않게 된다. 그 결과 집단이 안정된 이완상태에 이르지 못하게 된다. 그러면 집단은 불안정한 상태에 놓이게 되므로 자체의 불안정의 증가나 또는 다른 집단과 연기적 관계에서 발생하는 큰 영향을 받게 되면 그 집단은 쉽게 파괴될 위험성이 높아진다.

예를 들어 수십만 내지 수백만 개의 별들로 구성된 구상성단

球狀星團[그림2]은 자체의 강력한 구속력 때문에 외부의 충격을 받아도 쉽게 집단이 불안정한 상태에 이르지 않고 안정한 상태를 유지하게 된다. 그 결과 구상성단은 안정된 상태로 오래동안 존속할 수 있으므로 우리 은하계의 나이와 비슷한 100억년 이상의 나이를 가지게 된다. 그러나 수십 개 내지 수천 개의 별들로 이루어진 작은 산개성단散開星團[그림3]은 집단의 구성원 수가 적기 때문에 자체의 구속력이 매우 약하다. 그 결과 다른 천체의 집단으로부터 중력적으로 큰 섭동을 받게 되면 그 집단은 쉽게 파괴되어 별들이 사방으로 흩어진다. 실제로 밤하늘에 보이는 낱별들이 [그림4] 과거에는 작은 성단을 이루고 있었지만 다른 큰 천체 집단의 강한 중력적 섭동攝動으로 파괴되어 사방으로 흩어진 별들이다.

이와 같이 일반적으로 집단의 안정성은 구성원의 수가 많을수록 안정하다. 대기업이 중소기업보다 안정한 이유도 첫째는 대기업에 종사하는 구성원의 수가 많기 때문이다. 그러나 이러한 대기업도 집단의 구성원 사이의 조화로운 연속적 연기관계가 잘 이루어지지 못한다면 고유한 집단의 특성이 형성되지 못해 언젠가는 집단 전체가 불안정해 지면서 파괴될 수도 있다.

연기집단에서는 모든 구성원의 존재가치나 삶의 가치가 동등하다. 영국 철학자 스펜스는 "모든 인간이 자유를 찾을 때까지는 아무도 완전한 자유를 얻을 수 없다. 모든 인간이 도덕적인 사

그림 2 | 구상성단

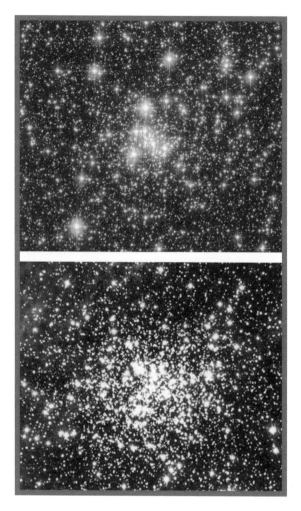

그림 3 | 산개성단

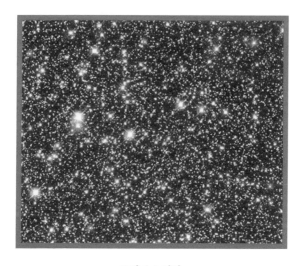

그림 4 | 낱별

람이 되기까지는 아무도 완전하게 도덕적일 수 없다. 모든 인간이 행복해지기 전에는 아무도 완전한 행복을 맛 볼 수 없는 것이다."라고 했다. 결국 연기집단 내에서 구성원의 정체성 상실로 자타自他가 동일해지는 불일불이不一不二의 관계가 성립함을 뜻한다.

　　이런 관점에서 구성원이 집단을 이끄는 것이 아니라 집단의 고유 특성이 구성원을 이끌어 간다. 마찬가지로 인간이 세상[環境]을 지배하고 이끄는 것이 아니라 연기적 세상[環境]이 인간을 지배하고 있다.

집단연기법의 바른 이해가 해오解悟이고, 철저한 지행知行으로 연기법 속에 녹아들어 무상無相, 무아無我로 전체가 하나이고, 하나가 전체가 되는 상즉상입相卽相入의 상태에 이름이 증오(證悟 : 증득된 깨달음)이다. 집단연기에서는 업業을 짓는 자나 과보를 받는 자가 특별히 따로 있는 것이 아니라 모두가 업을 짓고 또 모두가 과보果報를 받는다.

집단연기에서 구성원들 사이의 연기적 충돌은 보편적 현상이다. 이런 과정을 통해서 파괴破壞와 생성生成이 일어나며 발전한다. 예를 들면 은하들 사이의 충돌로 별의 생성이 촉진된다.[그림5] 인간 세계에서도 인간들 사이에 직접 충돌이나 조우遭遇가 잦기 때문에 쉽게 정체성의 소멸로 무아無我에 이르게 되면서 타자와 조화로운 원융한 관계를 이루게 된다.

　　일반적으로 집단에서 각 개체는 다른 모든 개체와 주고

그림 5 | 충돌은하

받음이 동시적으로 일어남으로 집단의 연기관계는 단순하지 않은 복잡계複雜系를 형성한다. 따라서 이러한 집단연기는 일반적으로 비선형적非線型的이고 비가역적非可逆的이며 비결정론적非決定論的이다. 따라서 미래의 정확한 예측이 불가능하다. 그러므로 불교는 미래를 예언하거나 예측하는 종교가 아니라 현실을 중시한다. 이런 관점에서 불법佛法은 현실중심의 과정철학過程哲學이다.

일반적으로 연기집단의 안정성은 이완시간弛緩時間에 의해 추정된다. 이완시간이란 한 집단이 불안정한 상태에서 안정된 상태로 돌아오는데 걸리는 시간으로 정의된다. 이완시간이 짧은 집단은 자체나 외부 영향에 의해 쉽게 불안정 상태에 놓이게 되므로 안정성이 낮고, 이완시간이 길수록 집단의 안정성은 증가한다. 이완시간은 구성원들의 정체성正體性이 소멸되는 시간에 연관되기도 한다.

구성원들 중에서 일부가 특이한 정체성正體性을 나타낸다면 그 집단은 불안정한 상태에 놓이게 된다. 우리나라의 이완시간은 수일 내지 수주 정도로 매우 짧다. 그래서 어떠한 사건이 발생하면 마치 나라 전체가 불안해지는 것 같은 느낌을 받다가 다시 곧 조용해진다. 이런 현상이 생기는 가장 큰 원인은 인구수가 적어 나라 자체의 구속력이 약하기 때문이다.

25

연기와 육상원융 六相圓融

집단의 역동적 연기관계에서는 모든 구성원 사이에 연속적인 에너지의 주고받음이 일어나면서 집단 전체가 가장 안정된 이완상태弛緩狀態에 이르는 방향으로 진화한다. 이 과정에서 집단 전체를 총상總相, 각 구성원을 별상別相, 구성원의 고유 특성을 이상異相, 구성원의 특성이 제대로 발휘되는 것을 괴상壞相, 모든 구성의 존재가치가 같아지는 것을 동상同相, 연기집단이 안정된 이완상태에 이름을 성상成相이라 한다. 만물은 이러한 육상六相이 원만하게 갖추어지는 방향으로 진화하며 이런 원융한 세계가 화엄세계華嚴世界이다. 여기서는 이사무애(理事無碍 : 사물이나 현상이 이법에 갈림 없이 원융해가는 것)와 사사무애73(事事無碍 : 사물과 사물 사이가 연기적 이법에 따라서 걸림 없이 원융해 가는 것)가 만족된다.

특히, 사사무애가 만족되는 사사무애법계에 대한 현수법장賢首法藏의 십현문十玄門 또는 십현연기十玄緣起를 하나씩 살펴보면 다음과 같다.

---

73 사(事)는 사물의 뜻 외에 광의로 부처의 가르침, 진리, 지혜, 불국토, 불, 보살의 감응까지도 포함된다. (『테마 한국불교 2』: 동국대학교출판부, 2014, 42쪽)

첫째, 동시구족상응문同時具足相應門은 현상계가 연기법에 따라 동시에 드러남을 뜻한다.

둘째, 일다상용부동문一多相容不同門은 일즉다一卽多로서 하나가 곧 전체로서 하나를 보면 전체를 알 수 있다는 것이다.

셋째, 비밀은현구성문秘密隱顯俱成門은 현상계에는 항상 법성法性인 이법(理法 : 緣起法)이 내재한다는 것이다.

넷째, 인드라망경계문因陀羅網境界門은 모든 현상이 연기적 관계로 서로 얽혀 거대한 그물망을 이룬다는 것이다.

다섯째, 제장순잡구덕문諸藏純雜具德門은 하나의 현상에서 다른 현상의 연기적 관계를 알 수 있다는 것이다.

여섯째, 제법상즉자재문諸法相卽自在門은 모든 현상계의 상즉상입相卽相入 관계에서 하나를 보면 전체를 알 수 있다는 것이다.

일곱째, 미세상용안립문微細相容安立門은 미세한 작은 것에도 연기법이 내재함으로 작은 것 속에 큰 것이, 큰 것 속에 작은 것이 내포한다는 것이다. (예 : 티끌 속에 우주가 들어 있다.)

여덟째, 십세격법이성문十世隔法異成門은 삼세에 걸쳐 현상계에는 연기법이 존재한다는 것이다.

아홉째, 유심회전선성문由心廻轉善成門은 모든 현상계는 여래장[佛性]의 연기적 이법에 따라서 생긴다는 것이다.

열째, 탁사현법생해문託事顯法生解門은 연기적 현상계의 모습에서 연기적 이법을 알 수 있다는 것이다.

이러한 사사무애법계를 이루는 법성法性이 행원行願의 수행으로 현현하게 된다. 즉 사사무애법계는 해탈을 이룬 부처님이 가장 깊은 선정禪定인 해인삼매海印三昧에 들었을 때 드러나게 되는 경계라고 한다.[74] 무위적인 연기적 진화에서는 사사무애한 육상원융六相圓融의 화엄법계를 이룰 수 있다. 그러나 인간계에서는 유위적 조작이 많기 때문에 사사무애한 육상원융이 잘 이루어지지 않는다.

일반적으로 집단적 연기과정은 육상六相이 원만하게 이루어지는 방향으로 진화한다. 만약 이런 진화과정을 따르지 못하게 되면 그 집단은 자연도태自然淘汰로 사라지게 된다. 특히 구성원 각자의 소질과 재능을 충분히 발휘될 수 있도록 알맞은 자리에서 일을 수행하는 괴상이 잘 이루어지지 않으면 집단 구성원들의 재능이 충분히 발휘되지 못함으로써 그 집단은 성상成相을 이루지 못해 집단 전체가 불안정하게 된다. 그러면 자체의 불안정성이나 외부 영향에 의해 집단이 파괴되어 사라질 수 있다. 따라서 사사무애한 육상원융의 달성 여부는 진화론의 자연선택自然選擇에 해당하는 것으로써 진화에 가장 적합한 군집群集이나 집단만이 생존할 수 있다는 것이 연기적 진화의 법칙이다.

불교에서 가장 중요한 것 중의 하나가 화엄세계에서 이루어지는 육상원융六相圓融이다. 육상원융이 이루어지지 않으면 화엄세계가 달성되지 못한다. 이러한 집단연기의 특성은 다른 종교에서는 볼 수 없는 특별한 특징이다. 육상원융은 비단 불

---

74 『불교사상사』; 양훼이난, 원필성 옮김, 정우서적, 2010, 355쪽

교란 종교에 국한되는 것이 아니라 일반 집단에 그대로 적용되는 이법이다. 왜냐하면 육상원융은 일종의 질서체계秩序體系로써 안전성의 유지를 뜻하기 때문이다.

베르그송은 "요컨대 왜 사물 속에 무질서가 아니고 질서가 존재하는 가를 아는 것이다. 질서는 존재한다. 그것은 하나의 사실이다. 그러나 다른 한편으로 우리에게 질서보다는 덜 존재하는 것처럼 보이는 무질서도 당연한 권리로 존재하는 것 같다."[75] 라고 했다. 여기서 질서란 곧 육상원융 상태를 뜻하며 무질서란 육상원융이 이루어지기 전의 상태를 뜻한다. 그런데 실은 무질서 속에 질서가 존재함으로 무질서의 존재 권리는 당연히 수용되어야 한다.

육상원융의 예는 가정이나 학교, 회사, 기업, 국가 등 어떤 집단에도 그대로 적용될 수 있다. 이러한 육상원융이 만족되는 경우에는 상즉상입相卽相入이 성립된다. 예컨대 한 가정에서 자식을 보면 가정을 알 수 있고 또 가정을 보면 식구 개인의 품행을 알 수 있다는 것이다. 다시 말하면 자식을 보면 부모를 보는 것 같고 또 가정을 보면 자식을 보는 것 같은 경우에 그 집안은 육상이 잘 이루어진 것이며, 이 경우에는 일즉다 다즉일一卽多多卽一이 성립한다.

별들의 세계에서는 육상원융이 잘 이루어지고 있다. 예를 들

75 『창조적 진화』 : 앙리 베르그손, 황수영 옮김, 아카넷, 2008, 347쪽

면 백만 개 정도의 별들로 이루어진 구상성단球狀星團에서는 질량이 작은 별과 질량이 큰 별들 사이에 잦은 조우遭遇를 거치면서 가벼운 별들은 무거운 별들로부터 속도를 얻어 성단의 외곽으로 치우쳐서 돌며, 무거운 별들은 속도를 잃기 때문에 인력에 끌려 성단의 중심부로 모여든다. 그래서 성단의 중심부에 모인 무거운 별들은 성단 전체를 구속하면서 성단의 안정성을 유지하는 역할을 하며 그리고 가벼운 별들은 성단 외곽으로 돌면서 성단의 활성도를 증가시킨다. 이처럼 구상성단은 육상원융을 이루며 역학적으로 안정된 상태를 유지해 가는 집단으로 이완시간은 백억 년 정도로 매우 길다.

26

연기와 원願

종교에서는 일반적으로 개인적인 소망에 따른 원願을 중시한다. 그래서 종교는 주로 기원祈願과 기복祈福 신앙으로 쏠리게 되는데 이것은 불확실한 미래의 우연성을 믿고자 하는 욕망에 지나지 않는다. 이러한 기복 신앙은 종교인으로 하여금 자기중심적인 개인주의로 쏠리게 한다. 물론 불도佛道를 반드시 이루고 이타적利他的인 행을 통해 대승적 보시를 하고자 하는 서원誓願을 세울 수 있다. 이런 경우의 원願은 필요한 것으로 매우 중요한 것일 수 있다. 그러나 무위적인 연기의 세계에서는 불도佛道의 성취나 이타적利他的 행위가 저절로 이루어지는 것이지 반드시 원을 세워야만 이루어지는 것이 아니다.

이런 관점에서 연기적 세계에서 원을 세운다는 것은 주로 주관적인 집착에서 필연성을 전제함으로써 일반적인 연기법에 어긋난다. 예컨대 성불成佛을 원으로 세운다면 자기중심적인 생각에서 타자와의 조화로운 연기관계를 이루기가 어렵게 될 수도 있다. 참된 불법의 이해를 위한 성불成佛이나 이타적利他的 행위는 개인적인 것이 아니라 집단 구성원 모두의 삶의 가치나 존재가치가 올바르게 구현될 때 저절로 달성될 수 있는 것이다.

종교에서는 주로 행복 추구를 원한다. 행과 불행은 동전의 양면처럼 비동시적 동거성으로 근본적으로 행과 불행은 동일한 것이다. 그럼에도 불구하고 행복 추구에 원을 세운다면 이것은 이기적 행위로서 타자의 불행에 대해서는 무관심하다는 뜻이다. 연기적 세계에서는 어떠한 극단도 용인되지 않고 오직 중도中道를 요구할 뿐이다.

『화엄경』에서 이르기를 "나지 않으면 사라짐이 없고 사라짐이 없으면 다함[변함]이 없고, 다함이 없으면 때[시간]를 여의고, 때를 여의면 차별이 없고, 차별이 없으면 처소[자취]가 없고, 처소가 없으면 고요하고, 고요하면 탐욕을 여의고, 탐욕을 여의면 지을 것[바랄 것]이 없고, 지을 것[바랄 것]이 없으면 소원이 없고, 소원이 없으면 머물 것[집착]이 없고, 머물 것이 없으면 가고 옴이 없나니 이것을 보살마하살의 셋째 생사生死 없는 지혜의 인(忍 : 無生法忍)이라 하느니라."라고 했다. 결국 무위적 행에서는 소원을 바라는 원이 없이도 저절로 생사불이生死不二한 무생법인無生法忍에 이르게 되는 것이다.

원을 세운다함은 어느 한 가지 목표를 가지기 때문에 사방을 넓게 살펴 볼 수 있는 지혜를 잃게 되어 그 결과 좁은 안목에서 아집我執이란 독단獨斷에 빠지기 쉽다. 독일의 헤르만 헤세는 『싯다르타』에서 "구한다는 것은 한 가지 목적을 갖는 것을 말하지만 … 당신도 도道를 구하는 것은 그 목적을 이루려는 데서 눈앞에 있는 많은 사물을 보지 못하기 때문이요."라고 했다. 특별한 목적을 가진 유위적 행에서는 제법실상諸法實相을 여실지견如實知見하게 알 수 있는 무위적 견해를 얻기는 불가능함을 알 수 있다.

27

유식唯識 연기와

불교에서 식識은 경계(境界 : 外物)에 대해 인식하는 마음작용으로 본다. 그리고 유식唯識은 만유가 심식(心識 : 마음) 밖에 실존하는 것이 아니라 오직 마음에 의해 나타나는 것으로 보며, 일체 현상은 모두 식(識 : 마음)을 떠나지 않는다고 한다. 의식에는 삼분별三分別이 내포 된다. 즉 자성분별自性分別은 대상을 무분별하게 객관적으로 지각하는 것이며, 수념분별隨念分別은 과거를 회상하며 주의하고 분별하는 것이고, 계탁분별計度分別은 과거, 현재, 미래에 걸쳐 일어나지 않은 일들을 미루어 상상하는 것이다.

인식은 외부 대상의 상분(相分 : 대상이 마음[大腦]속에 투사된 것)과 마음 작용인 견분(見分 : 상분에 대한 인식작용)이 대립이 아닌 동등한 관계에서 일어나는 마음 작용으로 유형상인식론有形狀認識論에 해당한다. 상분은 마음에 투사된 외부 대상으로 객관적이다. 견분은 상분에 대한 마음의 인식 작용이므로 주관적이다. 따라서 일반적으로 외물에 대한 우리의 마음작용은 견분(見分 : 主觀)에 해당한다.

독일 물리학자 슈뢰딩거는 "나의 정신과 세계를 이루는 요소는 동일하다. … 존재하는 세계가 주어지고, 또 지각知覺되는 세계가 주어지는 것이 아니다. 주관主觀과 객관客觀은 단지 하나이다."[76]라고 했다. 이것은 객관이 없이 주관이 존재할 수 없고, 주관이 없이 객관이 이해되어질 수 없다는 것으로 주관과 객관이 다르지 않는 주객불이主客不二의 관계를 지닌다는 것이다.

스피노자는 모든 사람의 정신과 신체가 하나가 되어 마치 하나의 정신과 하나의 신체를 구성하여 모든 사람이 동시에 공통된 이익을 추구하는 것보다 더 가치 있는 어떤 것도 바랄 수 없다고 했으며 또한 사유思惟와 사물의 관념觀念이 정신 안에서 질서를 잡고, 연결되는 것처럼 신체의 변용變容이나 사물의 표상表象도 바로 그렇게 신체 안에서 질서를 잡고 연결 된다고 했다.[77] 이것은 심(心 : 마음)은 외물과 무관한 것이 아니라 외물에 의해서 인식과 관념이 생기므로 몸과 마음이 다르지 않는 심신불이心身不二임을 보이는 것이다.

사실 사물과 그 현상은 언제나 우리들과 함께 연기적 관계로 존재한다. 따라서 자연 전체가 바로 우리의 삶이 이루어지고 있는 현장이며 또한 우리 의식과의 대화자이다. 그러므로 우리는 '세계-속에-존재'하는 세계 구성원의 하나이다.

한편 쇼펜하우어는 『의지와 표상으로서의 세계』에서 "인식되는 모든 세계는 단지 주관에 대한 객관에 다름 아니

76 『생명이란 무엇인가』 : 에르빈 슈뢰딩거, 전대호 옮김, 궁리, 2007, 208쪽
77 『에티카』: 스피노자, 강경계 옮김, 서광사, 2012, 334쪽

며, 따라서 모든 세계는 표상表象이며 현상現象이다."[78]라고 했다. 여기서 주관이란 견분을, 객관이란 상분을 뜻한다. 인식이란 결국 외부 대상의 정보가 감각기관을 통해 뇌에 전달되는 상분相分에 대해 뇌에 존재하는 정보를 통해 입력 정보를 의식하고 해석하는 마음작용 즉 견분見分을 내게 된다. 이런 과정을 통해서 대상에 대한 인식이 이루어진다. 따라서 인식이란 상분相分에 대한 견분見分의 현현이다.

그런데 유식설唯識說에서는 세상의 모든 사물이나 현상은 객관적으로 존재하나 오직 마음으로 짓는 세상만이 진실이라고 본다. 이를 만법유식萬法唯識이라고 한다. 이를 흔히 일체유심조(一切唯心造 : 모든 것은 오직 마음이 짓는 것이다)라고 한다. 이 경우에 자신의 마음을 유일한 근거로 삼는 것은 외물에 대한 상분을 중시하지 않으므로 심신불이心身不二와 주객불이主客不二의 사상에 모순된다. 실제로 일체유심조에서는 마음[의식]이 모든 것을 결정함으로 외물을 인식하고 분별하는 뇌와 분리됨으로써 이원론적二元論的 특성을 지닌다. 즉 정신적 마음과 물질적 뇌는 별개로 서로 무관하게 된다. 성유식론成唯識論에서 유식무경설唯識無境說은 현상계가 의식(意識 : 表象識)으로만 존재하며 외계에 실존하지 않는다는 설이다. 즉 오직 마음[內心]만 있고 마음 밖의 대상은 없다는 설이다. 그래서 모든 현상은 마음의 발현으로 본다. 이를 내유외무설內有外無說이라고도 하며 일체유심조一切唯心造와 같은 것이다.

78 『지혜를 주는 서양의 철학과 사상』: 가나모리 시게나리, 이재연 옮김, 다른 생각, 2008, 187쪽

원효대사元曉大師에 대한 일화로 해골 물의 관계를 흔히 일체 유심조의 실례로 보는데 이는 타당치 못하다. 원효대사는 어 두운 밤중에 목이 말라 그릇에 담긴 물을 마셨다. 밤에는 어 두웠기 때문에 물이 담긴 그릇을 바가지로 보게 되는 상분相 分을 얻고 이에 따라 물을 마시겠다는 견분見分을 내게 되었 다. 그런데 밝은 아침에 보니 밤에 물을 마신 그릇이 해골임 을 알게된 것이다.

결국 밤에는 어두워서 그릇에 대한 분명한 상분을 얻 지 못해 바른 견분을 내지 못했을 뿐이지 결코 마음의 작용 인 견분이 해골을 바가지로 생각토록 한 것은 아니다. 즉 견 분이 상분을 만들어 낸 것은 아니라는 것이다. 상분이 분명치 않을 경우에는 견분에 의해 그릇된 상분이 생길 수는 있지만 그렇다고 해서 언제나 상분이 마음의 식識에 따른 견분에 의 해 결정된다는 생각은 그릇된 것이다.

흔히 일체유심조를 '일체는 마음이 짓는 것이다'라고 하면서 외 부 대상의 상분을 인정하지 않고 주관적 마음작용에 따른 견분 만으로 인식하는 것은 바른 인식이 아니다. 따라서 외부 대상의 바른 상분에 대해서 마음작용인 견분을 바르게 내어 대상을 인 식하는 주객主客의 연기적 관계가 올바른 일체유심조이다.

또 다른 예를 보면 밤에 새끼줄을 뱀으로 착각하는 경우이 다. 연기적 인연 화합물의 구성체[새끼줄]인 의타기성(依他起

性 : 다른 연에 의해서 일어나는 物·心의 모든 현상)에 대해 마음의 견분이 외부 대상의 상분보다 앞서면 잘못된 분별심 때문에 대상을 바르게 인식하지 못하고 [뱀으로] 착각하는 변계소집성(遍計所執性 : 잘못 분별하는 것)을 일으키게 된다. 그 결과 [새끼줄은 짚의 여러 가닥으로 이루어진] 인연화합물의 본체인 원성실성(圓成實性 : 원만히 성취한 진실한 자성)을 모르게 된다. 이처럼 어두운 밤에 새끼줄을 뱀으로 착각하는 현상도 바른 상분을 얻지 못하기 때문에 바른 견분을 내지 못하게 되는 경우이다.

불법佛法은 유심론적唯心論的인 주관주의主觀主義도 아니고, 인식된 사물이나 현상이 모두 진리라고 보는 객관주의客觀主義에도 치우치지 않는다. 불법은 오직 만유 사이의 상의적 수수관계 즉 연기관계를 통한 수수작용을 근본 과정으로 보고 이를 관장하는 궁극적인 연기법계의 섭리를 중시한다. 또한 이런 법계에서 유전 변천해 가는 현실세계의 연기과정을 근본으로 한다.

유가행파瑜伽行派에서는 마음 바깥의 사물은 없지만 안은 있기에 모든 사물은 오직 식識이라고 한다. 즉 마음 밖에 존재하는 사물은 모두 사람의 미세한 심식心識인 아뢰야식이 전변(轉變 : 형세나 국면이 바뀌어 달라짐)해서 일어나는 환상이며, 아뢰야식만이 진실한 존재라는 것이다. 즉 마음 바깥의 사물은 없고 오직 마음만 있다는 사상이다. 유가행파는 '일체는 모두

공空이다.'라는 일체개공一切皆空을 주장하지 않는다. 즉 아뢰야식을 공으로 보지 않는다.[79] 그리고 유식무의唯識無義에서는 오직 아뢰야식[마음]만이 존재하는 것이며 인식의 대상은 진실로 존재하는 것이 아니라고 한다.[80]

제8식識에 해당하는 아뢰야식은 정보情報 창고이다. 여기에는 선천적 정보와 후천적으로 훈습된 정보가 모두 내장되며, 바른 정보도 내장되고 그릇된 정보도 내장될 수 있으며 그리고 외부 정보는 고정불변의 것이 아니다. 그러므로 아뢰야식만이 진실한 존재라는 것은 그릇된 생각이다. 아뢰야식 내의 정보는 외부 대상의 상분에 대하여 그에 상응하는 정보를 담은 견분을 내거나 또는 외부 대상과 무관하게 공상空想하는 경우에도 아뢰야식의 정보가 영상처럼 나타나게 된다. 따라서 훈습된 아뢰야식의 정보를 절대적인 것으로 믿는 것은 잘못된 생각이다.

79 『불교사상사』: 양훼이난, 원필성 옮김, 정우서적, 2010, 199쪽
80 『불교사상사』: 양훼이난, 원필성 옮김, 정우서적, 2010, 209쪽

28

수행_{修行}과 연기

수행이나 명상은 불교의 목적이 아니라 연기법을 바르게 따르기 위한 실천적 방편이며 수단이다. 이러한 수행에는 여러 가지가 있지만 중요한 것을 들면 팔정도八正道, 육바라밀, 사섭법(四攝法 : 布施, 愛語, 利行, 同事), 사무량심(四無量心 : 慈, 悲, 喜, 捨), 십선법(十善法 : 不殺生, 不偸盜, 不邪淫, 不妄語, 不惡口, 不綺語, 不兩舌, 不貪慾, 不瞋恚, 不邪見), 37조도품(三十七助道品 : 四念處, 四正勤, 四神足, 五根, 五力, 七覺支, 八正道) 등이 있다. 그리고 바라밀과 십지十地를 비교하면 아래 표와 같다.

표 1 | 바라밀과 십지

바라밀	보시	지계	인욕	정진	선정	반야	방편	서원	역^(力)	지혜
십지	환희지	이구지	발광지	염혜지	난승지	현전지	원행지	부동지	선혜지	법운지

6바라밀은 '보시布施, 지계持戒, 인욕忍辱, 정진精進, 선정禪定, 반야般若'이다. 그리고 방편은 한량없는 지혜를 능히 내는 것이며, 서원誓願은 상상품上上品의 수승한 지혜를 구하는 것이고,

역力은 이단異端의 언론과 마군들이 능히 깨뜨릴 수 없는 것
[힘]이며, 반야는 모든 법이 나지도 않고 멸하지도 않는 법의
불생불멸不生不滅을 아는 것이고, 지혜는 일체법을 실재와 같
이 아는 것, 즉 일체법의 바른 이해와 실천이다.

보살이 수행해야 하는 52단계 중 특히 제40위에서 제50위까
지를 십지十地라 한다.[81]

제1 환희지歡喜地는 10가지 원을 성취하여 보시섭布施攝
과 보시바라밀의 수행으로 기쁨에 넘치는 지위이다.

제2 이구지離垢地는 신身·구口·의意로 십선업도十善業道를
행하고 애어섭愛語攝과 지계바라밀로 모든 변화의 때를 여의
는 지위이다. 여기서는 10가지 마음을 내야한다. 즉 정직한
마음, 부드러운 마음, 참을성 있는 마음, 조복한 마음, 고요한
마음, 선한 마음, 잡되지 않은 마음, 그리움 없는 마음, 넓은
마음, 큰마음 등이다.

제3 발광지發光地는 삼법인(三法印 · 諸行無常印·諸法無我印·涅槃
寂靜印)을 관하고 이행업과 인욕바라밀로 지혜의 광명이 나타
나는 지위이다. 모든 유위법의 실상을 관찰한다. 즉 유위법은
무상하고, 괴롭고, 부정하고, 안온하지 못하고, 파괴하고, 오
래 머물지 못하고, 찰나에 났다 없어지고, 과거에 생한 것도
아니고, 미래로 가는 것도 아니고, 현재에 있는 것도 아니다.
4선四禪과 4무색선四無色禪에 머물고 한량없는 신통을 얻는다.

제4 염혜지焰慧地는 37조도품助道品을 닦고 동사섭同事攝

81 『화엄의 세계』: 해주 스님, 민족사, 205, 95쪽

과 정진바라밀로 지혜가 매우 치성하는 지위이다.

제5 난승지難勝地는 사성제四聖諦의 이치와 세속의 이치 등을 아는 것이다. 보살은 중생을 위해 세상법을 다 알고 방편과 변재를 쓸 줄 알아야 하며 선정바라밀을 닦는다. 그래서 글, 글씨, 문장, 시, 산수, 그림, 나무, 꽃, 약초, 약, 병, 노래, 춤, 재담, 일월성신, 천문, 지진, 천둥 등을 알아야 한다.

제6 현전지現前地는 세간과 출세간의 일체 지혜가 다 나타나는 지위이다. 십이연기를 관하고 반야바라밀을 닦는다.

제7 원행지遠行地에서는 일체 불법을 일으켜 지혜의 도에 들고 또한 방편 지혜를 닦아 행한다. 번뇌의 업을 떠나서 보리로 회향하지만 아직 번뇌를 모두 초월하지는 못했다. 십바라밀을 구족하고 방편바라밀을 닦는다.

제8 부동지不動地에서는 모든 번뇌를 초월한 청정지혜를 갖춘다. 무생법인無生法忍을 얻는다. 즉 불생불멸不生不滅, 무상무명無相無名, 불괴불성不壞不成, 무성품無性品, 평등성, 무분별 등의 집착심을 여의고 적멸(寂滅 : 열반, 생사를 초월한 경지)한 일체법(一切法 : 일체 만유가 동등함)에 들어간다. 서원바라밀을 닦는다.

제9 선혜지善慧地는 사무애지(四無礙智 : 法無礙, 義無礙, 事無礙, 樂說無礙)를 얻어 대법사가 되어 설법하는 지위이다. 역바라밀을 닦는다.

제10 법운지法雲地는 끝없는 공덕을 구비하며 이익이 되는 것을 행하여 대법우大法雨를 비 내리는 지위이다. 지혜바라밀을 닦는다.

제1 환희지에서 제7 원행지까지는 유위적인 수행이고, 제8 부동지에서 제10 법운지까지는 수행이 무위적으로 이루어진 다. 비유컨대 제1지에서 제7지까지는 강에서 배를 이끄는 법을 익히는 것이고, 제8지부터는 제10지까지는 넓은 바다로 나아가서 스스로 풍랑과 파도를 헤치면서 목적지[成佛]에 이르는 수행법으로 볼 수 있다.

쇠는 뜨거울 때 잘 다듬어진다. 마찬가지로 수행이나 깨달음도 적극적인 연기관계를 통해서 이루어져야 한다. 이런 관점에서 불교는 적극적인 종교이지 결코 소극적인 종교가 아니다. 따라서 수행이나 마음수련이 고요한 곳에서 독립적인 개체로서 이루어져야 한다는 생각은 올바르지 못하다. 수행에서도 자등명自燈明 법등명法燈明이 적용되어야 한다. 즉 타자를 통해서 자신의 수행을 비추어 보고 점검되어야 한다. 그렇지 않으면 어떤 방법으로 수행을 하든 개인적인 독단에 빠질 수 있다. 이런 관점에서 수행은 반드시 타자와의 연기적 관계를 통해서 이루어져야 한다.

29

불교와 연기

우주만유에 대한 보편타당한 진리의 연기법이 불법의 근본이며 불교는 불법을 바탕으로 한다. 즉 불교는 단순한 신앙 종교가 아니라 연기적 진리의 종교이다. 그리고 우주만유의 진리를 근본으로 하는 불법은 우주철학宇宙哲學이며 동시에 현실을 중시하는 과정철학過程哲學이다. 그러므로 이러한 불법을 바탕으로 하는 불교는 인간학적人間學的 문제를 벗어나 우주적 과제로 확장되고 있다.

중국의 어우양징우는 "종교와 철학이란 어휘는 원래 서양의 개념이다. 중국에서 번역되어 불법에 억지로 덧씌웠다. 하지만 이 둘은 불법과 의미도 다른 데다 범위도 매우 좁다. 어떻게 광대한 불법을 포괄할 수 있겠는가? 종교와 철학이라는 어휘로는 감당할 수가 없다. 불법佛法은 단지 불법이고 불법은 그냥 불법이라고 해야 한다."[82]라고 했다. 따라서 인격신人格神이나 절대자를 숭배하는 일반적인 종교나 인간학적人間學的 철학哲學이라는 범주를 벗어나 우주적 연기법을 바르게 이

---

82 『중국근대사상과 불교』: 김영진, 그린비, 2007, 49쪽

해하고 이를 실천하고자 함이 불법 공부의 근본 목적이 되어야 할 것이다. 그리고 비록 방편적이라도 불법 속에는 반드시 연기적 이법이 내포되어야 한다.

주고받는 연기는 모든 개체가 경험하는 일반적인 삶[進化]의 과정이다. 그러므로 각자가 자신의 연기적 삶을 조화롭게 영위토록 해야 한다. 이런 관점에서 불교에서는 자신에 의지하고 법[緣起法]에 의지할 것이 강조된다. 이것이 소위 자등명 법등명自燈明·法燈明이다. 즉 자신의 등불로 타자를 비추어 봄으로써 자신을 알 수 있고, 법의 등불에 자신을 비추어 봄으로써 연기법을 바르게 체득하여 행하도록 한다. 여기서 자등명이 주관적이라면 법등명은 객관적이다. 이처럼 불교는 단순한 의타적依他的 종교가 아니라 자신을 믿고 주체적으로 행하는 연기적 삶의 철학이다. 이러한 관점에서 인간이 불법을 만드는 것이 아니라 불법이 인간을 만들어 간다. 따라서 불법을 따르지 않음은 인간이기를 거부하는 것과 마찬가지다.

깨달음[成道]이란 우주만유 사이에 일어나는 연기법의 바른 이해理解와 실천實踐의 경지에 이름이다. 그리고 이런 경지에서 청정심淸淨心인 불성佛性의 발현 상태를 열반涅槃이라고 한다. 흔히 성문(聲聞 : 석존의 음성을 듣는 불제자)과 연각(緣覺·벽지불 : 홀로 깨달아 자유경지에 이른 성자) 2승乘들의 깨달음은 단순히 연기법의 이해로 보고, 대승적 깨달음은 수행을 통한 중생구제에 둔다.

『수능엄경』에서 "깨달음과 깨달을 대상이 모두 공하고 [得法空], 공과 각기 원만하여 다시 공이라는 생각과 공한 경계가 다 소멸하여[俱空不生] 이와 같이 생멸이 이미 다 멸해서 적멸寂滅이 눈앞에 드러났습니다.[得無生忍]"라고 했다. 따라서 우주만유의 연기법을 근본으로 하는 불법에서는 소승이나 대승 모두 연기법의 실현이 곧 불법을 따르는 삶이며 여기서는 깨달음이나 열반이라는 특정한 언구言句가 필요치 않다.

마조도일 선사는 "너희가 그때그때 필요에 따라 말은 하나 실질적으로나 이론적으로 막히는 것이 없으면 되는 거야. 깨달음이란 바로 이런 것이야."[83]라고 했다. 이를 위해서는 만유에 대한 연기법의 바른 이해와 실천이 있을 뿐이다.

불교는 어떤 특정한 대상[絶對者나 超越者 등]을 정해 놓고 그것에 귀의하거나 신봉하는 종교가 아니다. 바로 자신이 귀의처歸依處이고, 자신이 불성을 지닌 존재자라는 것을 알고, 이런 존재자들이 모두 불법에 따라서 만유[自然]와 더불어 원융한 연기관계를 이루어가는 것이 불교의 궁극적 목표이다. 타종교에서는 신앙의 대상이 절대자나 초월적 대상을 정해두지만 불교에서는 그러한 대상이 바로 인간을 포함한 우주만유[自然] 그 자체로서의 부처이다. 그리고 불교는 유위적으로 자신이 부처임을 믿는 것이 아니라 무위적으로 불성 (佛性 : 부처)을 밖으로 드러내는 것이다.

이런 관점에서 불교는 만유의 연기적緣起的 관계성關係

---

83 『직지, 길을 가리키다』: 이시우, 민족사, 2013, 128쪽

性의 종교인 반면에 절대자를 신봉하는 타종교는 개인 중심적 종교이다. 불교는 인간의 무명無明 때문에 고집멸도苦集滅道 사성제에서 시작하지만 궁극에는 자유자재한 우주만유[我]는 항상[常] 고통과 속박이 없는[樂] 청정한[淨] 상락아정常樂我淨의 사덕四德에 따라 무위적인 연기적 이완상태弛緩狀態를 지향해 간다.

30

우주와 연기

하늘을 멀리하는 민족은 우주적 철학을 지닌 문화인이 되기가 어렵다. 이는 마치 우물 안 개구리처럼 지극히 제한된 좁은 시공간의 세계만을 상대로 한다. 따라서 넓은 우주적 세상에서 일어나는 다양한 연기적 실상과 이에 따른 보편적 진리를 외면함으로써 우주적 이법을 전연 모르는 무명無明의 늪에 빠지게 된다. 즉 보이는 세계와 보이지 않는 세계 모두를 아우르는 제법실상諸法實相에 대한 여실지견如實知見을 바르게 통찰할 수 없게 된다. 그래서 사고思考의 영역이 보이는 세계에서도 지극히 제한적인 국소적 경험 세계의 시공간에 국한된다.

　　오늘날은 지구 바깥의 우주를 탐구하는 첨단우주과학 시대이며 또한 다양한 정보를 서로 나누며 살아가고 있는 정보화시대이다. 즉 우물 속에 갇혀 살고 있던 개구리가 우물 바깥 세상에 나온 셈이다. 그러므로 진리의 설법이 펼쳐지는 곳도 이제는 절간의 법당을 벗어나 화엄법계華嚴法界의 연기적 진리가 펼쳐지는 우주적 세계가 법당이 되어야하는 시대에 오늘날 우리가 살아가고 있다. 우주적 진리의 불법은 인간이전부터 존재해 온 것이며, 인간은 이러한 연기적 진리에 적응하도록 진화해 왔다. 때문에 인간이 우주적 진리의 불법을 따름은 자연의 순리順理이다.

1950년 노벨 문학상을 수상한 영국 철학자 버트란트 러셀은 "낙관주의도 비관주의도 우주철학宇宙哲學으로서는 아주 소박한 인간중심주의에 지나지 않는다. 위대한 세계는 자연의 철학이 가르치는 한, 선善도 아니요 악惡도 아닌 것이며, 또한 우리에게 화禍와 복福을 내리는 일에 관심을 보이지도 않는다. 위에서 말한 바와 같은 [인간중심주의] 철학은 한결같이 자기를 과시하는 데서 생겨나는 것이요, 이것을 교정하는 최상의 방법은 천문학天文學을 약간 공부하는 일이다."라고 했으며 또한 "우주적 견지에서 본다면 우리의 생명과 경험은 인과적因果的으로는 거의 중요하지 않다는 것을 나는 깊이 믿어 왔다. 나의 상상력은 천문학의 세계에 지배되고 있으며, 나는 여러 은하銀河에 비한다면 이 지구라고 하는 행성 따위는 하찮은 것이라는 것을 강하게 의식하고 있다."라고 했다. 이처럼 천문학天文學에 관한 기본적 이해는 인간의 사유思惟가 인간중심사상人間中心思想을 벗어나 우주적 자연으로 나아가는 지름길임을 알 수 있다.

그러면 우리가 살고 있는 지구라는 천체는 우주에서 어떠한 연기적 관계를 이루고 있는가를 살펴보자.

지상의 인간은 지상의 만물과 연기적 관계를 이루며 살아간다. 그리고 지구라는 천체는 달과 긴밀한 연기관계를 이루며 지구의 자전을 잘 유지해 간다. 또한 지구 밖의 행성들과 긴밀한 연기관계를 이루며 태양 주위를 일정하게 돌면서 진화해 간다. 그리고 태양으로부터 끊임없이 빛을 받으면서 지상의 만물이 생주이멸生住異滅을 이어간다. 이처럼 우리는 태양계 천체들 사이에서 중력적重力的으로 긴밀한 연기적 관계를 맺고 있음을 알 수 있다.

그리고 태양계 전체는 초속 20킬로미터로 움직이며 주위의 여러 별들과 연기적 관계를 이루며 국부항성계局部恒星系라는 집단을 이루고 있다. 이 국부항성계는 초속 230킬로미터로 은하계銀河系[그림6] 중심 주위를 회전하면서 수천억 개의 별들과 연기적 관계를 이루고 있다. 우리 은하계는 다시 주위에 40여 개의 은하들과 함께 연기적 관계를 이루면서 국부은하군局部銀河群을 이루고 있으며, 여기서 우리 은하계는 초속 40킬로미터의 속도로 움직이고 있다.

　　이 국부은하군은 다른 이웃 은하집단[그림7]들과 서로 모여 연기적 관계를 이루면서 더 큰 집단인 국부초은하단局部超銀河團을 형성한다. 이 속에서 국부은하군은 초속 600킬로미터로 움직이고 있다. 국부초은하단은 다시 이웃의 다른 초은하단과 서로 긴밀한 연기적 관계로 모여 국부초초은하단局部超超銀河團을 이루고 있으며, 이 속에서 국부초은하단은 초속 700

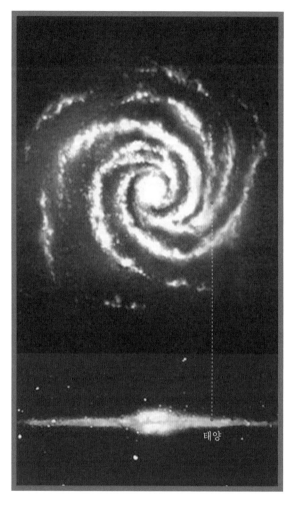

태양

그림 6 | 은하계 (위 사진은 위에서 본 모습, 아래 사진은 옆에서 본 모습)

그림 7 | 은하단

킬로미터의 속도로 움직이고 있다. 이처럼 우주에서 천체들은 점차 더 큰 연기적 집단을 이루어가면서 거대한 우주인드라망을 형성해 간다. 이것은 집단이 클수록 역학적으로 더 안정하기 때문에 일어나는 평범한 자연의 이법이다. 이러한 우주인드라망에서 자연 만유와 더불어 살아가는 우리 몸은 먼 우주로까지 연기적으로 연결되어 있다. 이 우주인드라망은 우주만유와 연기법을 함께 실고 가는 큰 수레인 대승大乘이다. 대승불교大乘佛敎는 이러한 화엄세계華嚴世界를 근본으로 한다. 그러므로 우주를 벗어난 사유思惟란 있을 수 없다.

불교 경전에 나타나있는 화엄세계란 우주는 어떠한 것인지를 알아보기 위해 『화엄경』의 〈화장세계품〉에 나타나 있는 화장장엄세계華藏莊嚴世界를 살펴보면 다음과 같다.[84]
무변묘화광향수해를 중심으로 10개의 향수해(香水海 : 世界種)가 존재한다. 각 향수해는 20층의 세계들로 둘러싸였다. 향수해는 현대 천문학과 비교하면 은하銀河에 해당한다. 각 향수해는 10개의 향수해로 둘러싸였는데 이것은 11개의 은하로 이루어진 은하단銀河團에 해당한다. 각 향수해에는 수많은 세계[별]와 부처와 중생이 존재한다. 각각 세계를 연접하여 세계망[인드라망]을 이루어 화장장엄세계華藏莊嚴世界를 형성한다.

　　　화장장엄세계는 11개의 은하단으로 구성된 초은하단超銀河團으로 여기에는 121개의 은하들이 포함되며, 또한 무수히 많은 중생들이 존재한다. 은하에 해당하는 향수해에는 회

---

84 『화엄경-제2권』 : 무비 스님, 민족사, 2004, 74쪽

전형, 나선형, 바퀴형, 둥근형, 구름형, 모난형 등등의 다양한 형태가 있다고 했다. 실제로 관측된 은하들에서 이런 다양한 형태의 은하들을 볼 수 있다.[그림8] 일반적으로 법계연기法界緣起에서 화장장엄세계처럼 개체의 계층적階層的 집단형성은 연속적이고 역동적 연기관계를 이루어가는 자연 만물의 안정된 역학적 진화의 특성이다.

『화엄경』의 〈여래수량품〉에서 보이는 각 세계의 시간척도時間尺度를 보면 아래와 같다.

　　석가모니 부처님이 계시는 사바세계의 한 겁劫이 아미타불이 계시는 극락세계에서는 낮 하루 밤 하루요, 아미타불이 계시는 극락세계의 한 겁은 금강견불이 계시는 가사당세계의 낮 하루 밤 하루요, 금강견불이 계시는 가사당세계의 한 겁은 선승광명연화개부불이 계시는 불퇴전음성륜세계의 낮 하루 밤 하루요, 선승광명연화개부불이 계시는 불퇴전음성륜세계의 한 겁은 법당불이 계시는 이구세계의 낮 하루 밤 하루요, 법당불이 계시는 이구세계의 한 겁은 사자불이 계시는 선등세계의 낮 하루 밤 하루요, 사자불이 계시는 선등세계의 한 겁은 광명장불이 계시는 묘광명세계의 낮 하루 밤 하루요, 광명장불이 계시는 묘광명세계의 한 겁은 법광명연화개부불이 계시는 난초과세계의 낮 하루 밤 하루요, 법광명연화개부불이 계시는 난초과세계의 한 겁은 일체신통광명불이 계시는 장엄혜세계의 낮 하루 밤 하루요, 일체신통광명불이

그림 8 | 은하의 여러 형태

계시는 장엄혜세계의 한 겁은 월지불이 계시는 경광명세계의 낮 하루 밤 하루이다. 백만아승지세계를 지나가서 최후의 한 겁은 현승불賢勝佛이 계시는 승연화세계勝蓮華世界의 낮 하루 밤 하루이다.

겁劫이란 긴 시간을 뜻한다. 이처럼 사바세계에서 마지막 승연화세계에 이를수록 하루라는 시간의 척도는 계속 늘어나고 있다. 이것은 연기적 세계의 규모가 커질수록 그 집단의 역학적 안정성을 나타내는 이완시간弛緩時間의 척도가 점차 길어짐을 뜻한다.

구형의 모양을 지닌 백만여 개의 별들로 이루어진 구상성단球狀星團의 경우에 별이 성단의 중심을 가로질러가는데 걸리는 시간을 성단의 역학적 안정성에 해당하는 이완시간弛緩時間의 척도로 삼는다. 그렇다면 가장 작은 사바세계에서 마지막 가장 큰 승연화세계에 이르기까지 이완시간의 척도는 무한히 늘어나게 된다. 이완시간이 길수록 집단의 역학적 안정성은 증가한다. 따라서 이완시간이 가장 긴 승연화세계勝蓮華世界가 역학적으로 가장 안정된 세계임을 알 수 있다. 즉 승연화세계라는 화엄세계는 수많은 은하들이 모여 거대한 우주인드라망을 이루며 연기적 이법을 따르는 안정된 우주이다. 앞서 화장장엄세계華藏莊嚴世界에 수많은 별과 부처와 중생이 있다고 했으므로 우주적 보편성에 비추어 승연화세계에는 우리 인간들

처럼 지적으로 진화된 중생들이 무수히 많이 존재할 것이다.

『화엄경』에서 제시하는 다양한 화엄세계를 주재하는 부처를 적어보면 다음과 같다.

　　　사바세계[석가모니], 극락세계[아미타불], 가사당세계[금강견불], 불퇴전음성륜세계[선승광명연 화개부불], 이구세계[법당불], 선등세계[사자불], 묘광명세계[광명장불], 난초과세계[법광명연화 개부불], 장엄혜세계[일체신통광명불], 경광명세계[월지불], 승연화세계[현승불] 등이다. 여기서 제시된 부처는 각 세계를 주재主宰하는 자연의 이법에 해당한다.

위에서 제시된 각 화엄세계를 천문학적 세계와 비교해 보면 다음과 같다.

　　　지구[사바세계], 태양계[극락세계], 국부항성계[가사당세계], 은하[불퇴전음성륜세계], 은하단[이구세계], 초은하단超銀河團[선등세계], 초초은하단超超銀河團[묘광명세계], 초초초은하단[난초 과세계], 초초초초은하단[장엄혜세계], 초초초초초은하단[경광명세계], 초초초초초초은하단[아승지세계], 초초초초초초초은하단[승연화세계]이다. 이처럼 사바세계에서 마지막 승연화세계에 이르기까지 집단의 규모는 점차로 증가하는 계층적階層的 구조를 이룬다.

위에서 살펴본 화장장엄세계에서 각 향수해[은하]는 10개의 향수해로 둘러싸여 은하단을 형성한다. 10개의 은하단으로 구성된 초은하단에는 100개의 은하들이 포함된다고 하자. 그러면 은하는 천억 개의 별들로 이루어지고, 10개의 은하가 모여 은하단을, 10개의 은하단이 모여 초은하단을, 10개의 초은하단이 모여 초초은하단을, 10개의 초초은하단이 모여 초초초은하단을 형성하는 식으로 은하집단이 형성해 간다면 마지막에 초초초초초초초은하단의 승연화세 계에 이른다. 그러면 가장 큰 현승불賢勝佛이 계시는 승연화세계 勝蓮華世界는 약 1000경京[85]개의 별들로 이루어진 거대한 연기적 우주에 해당한다.

우리와 같은 지적知的 생명체生命體의 집단을 문명체文明体[86] 라 한다. 드레이크의 방정식에 따라 우리 은하계 내의 문명체의 수를 약 100억 개로 본다면, 승연화세계勝蓮華世界 내에는 문명체가 100경개나 된다. 따라서 우주에는 우리와 같은 지적 생명체가 무수히 많음을 알 수 있다. 이들 중에는 우리보다 훨씬 진화된 문명체도 존재할 수 있다. 우리가 아직 외계 문명체를 직접 보지는 못하지만 화엄세계에서 이들과 이접적離接的 연기관계를 이루고 있다는 사실을 알아야 한다. 다시 말하면 우리 몸이 이들과 이접적으로 연결되어 있다는 것이다. 앞으로 구경 25미터의 광학망원경이 가동되면 멀지 않아 외계 생명체를 발견하고 또 문명체를 발견할 날이 올 것으로 기대된다.

---

[85] 만(萬-104), 억(億-108), 조(兆-1012), 경(京-1016), 해(垓-1020),
자(秭-1024), 양(穰-1028), 구(溝-1032), 간(澗-1036), 정(正-1040),
재(載-1044), 극(極-1048), 항하사(恒河沙-1052), 아승기(阿僧祇-1056),
나유타(那由他-1060), 불가사의(不可思議-1064), 무량대수(無量大數-1068)

[86] 『우주의 신비』: 이시우, 신구문화사, 2002, 102쪽

실제로 우주가 끝이 없다면 승연화세계와 같은 우주는 무수히 많이 존재할 것이다. 오늘날 관측되는 가장 먼 은하銀河는 약 130억 광년으로 초초은하단의 규모를 넘어서는 정도이므로 초초초초초초초은하단의 승연화우주勝蓮華宇宙의 존재를 확인하기에는 요원하다. 따라서 오늘날 인간이 관측으로 알고 있는 우주의 규모가 얼마나 작은 것인가를 짐작할 수 있다. 그러나 연기적 세계에서 보편성을 인정한다면 현재 관측되지 않는 승연화우주와 같은 우주들이 무수히 존재한다는 것을 부정할 수는 없다. 이러한 우주는 단일 공간의 우주가 아니라 여러 우주들로 이루어진 다중우주多重宇宙에 해당한다.

위에서 살펴 본 바와 같이 『화엄경』은 불교가 단순한 인간중심의 신앙의 종교가 아니라 인간 세계와 더불어 우주만유를 아우르는 연기적緣起的 진리眞理의 종교임을 보여준다.

우주는 고정된 것이 아니라 수축 팽창하면서 성주괴공成住壞空을 이어간다는 것이 석가모 부처님의 견해이다.

예를 들면 『디가 니까야』에서 "세계가 수축하는 여러 겁, 세계가 팽창하는 여러 겁, 세계가 수축하고 팽창하는 여러 겁을 기억한다. (중략) 나는 과거를 아나니 세상은 수축하고 팽창했다. 나는 미래도 아나니 세상은 수축하고 팽창할 것이다."[87]라고 했다.

그리고 『앙굿따라 니까야』에서 "비구들이여, 겁이 수축할 때 몇 해라거나 몇 백 년이라거나 몇 천 년이라거나 몇

---

87 『디가 니까야』 : 각묵 스님, 초기불교연구원, 2006, D25, 105쪽, D28, 204쪽

십만 년이라고 쉽게 헤아릴 수 없다. 비구들이여, 겁이 수축하여 머물 때 몇 해라거나 몇 백 년이라거나 몇 천 년이라거나 몇 십만 년이라고 쉽게 헤아릴 수 없다. 비구들이여, 겁이 팽창할 때 몇 해라거나 몇 백 년이라거나 몇 천 년이라거나 몇 십만 년이 라고 쉽게 헤아릴 수 없다. 비구들이여, 겁이 팽창하여 머물 때 몇 해라거나 몇 백 년이라거 나 몇 천 년이라거나 몇 십만 년이라고 쉽게 헤아릴 수 없다."[88] 라고 했다.

이러한 석가모니 부처님의 진동우주振動宇宙는 순전히 상상想像에 의한 것이 아니라 논리적 근거에서 나온 것이다. 즉 부처님이 대답하지 않은 10가지 무기無記 중에서 '세계는 시간적으로 무한한가? 유한한가? 세계는 공간적으로 무한한가? 유한한가?'에 대한 해답으로 볼 수 있다. 다시 말하면 우주가 시간과 공간적으로 무한히 팽창한다는 것은 한 극단이며 또한 무한히 수축한다는 것도 한 극단이다. 이러한 양 극단을 여의는 것이 바로 중도中道이다. 그렇다면 중도관中道觀에 따라서 우주는 팽창하고 수축한다는 진동우주관振動宇宙觀이 가장 합리적이다. 이 얼마나 논리적인 사고의 산물인가!

현재 우리가 속해있는 우주는 팽창하고 있다. 만약 무無에서 물질의 창생創生이 일어나지 않는다면 우주의 팽창은 영원히 계속되지 못하고 언젠가는 팽창이 끝나고 자체의 중력에 의해 수축이 일어날 것이다. 중력수축重力收縮이 어느 단계에 이

88 『앙굿따라 니까야』: 대림 스님, 초기불전연구원, 2006, 338쪽

르면 우주의 중심부로 많은 물질이 모여 들면서 급격한 중력 수축[이를 重力崩壞라 함]으로 모든 우주 물질이 한 곳으로 모여드는 대붕괴大崩壞가 발생할 것이다. 그러면 대폭발大爆發이 발생하면서 우주는 다시 팽창하게 된다. 이것이 팽창과 수축이 반복해서 일어나는 진동우주震動宇宙의 시나리오이다.

2600여 년 전 서양에서는 천체가 천구天球에 붙박혀 있으며 영원히 빛을 낸다고 믿든 시대에 밤마다 천체를 관찰하시고 사색하신 석가모니 부처님은 별들의 생주이멸生住異滅을 이해하고 또한 우주가 무시이래로 팽창하고 수축한다는 연속적인 성주괴공成住壞空의 진동우주론震動宇宙論을 제시했다. 그리고 천체들의 계층적 집단형성과 이에 따른 역학적 안정성에 대한 시간척도時間尺度의 증가 및 계층적 집단 형성에 의한 우주인드라망의 거대 우주를 언급했다는 것은 가히 상상을 초월할 정도로 놀라운 부처님의 불안佛眼에 따른 것으로써 오늘날 천체관측의 결과와 정성적定性的으로 크게 다를 바 없다. 이러한 연기적緣起的 우주관을 지닌 것이 바로 석가모니 부처님의 불법佛法이다.

그런데 부처님 사후에 불교라는 종교가 대두되면서 부처님의 불법에 들어있든 우주[하늘]는 사라지고 인간의 좁은 마음을 중시하는 인간중심적인 신앙의 종교로 바뀌었다. 면벽面壁하고 앉은 사람에게는 실재적實在的 우주란 존재하지 않는다. 선사禪師들의 할이나 방망이로는 우주만유의 불법을 깨칠 수 없다. 지상에서 인간이 사라져도 부처님 불법의 연기적 우주는 영원하다. 지구와 태양이 사라져도 부처님 불법의 연기적 우주는 영원하다. 이러한 부처님의 우주를 몰라도 태어났으니 한 세상 살아가는 데 지장은 없다. 그러나 인간이 비록 작은 미물이지만 하늘의 별처럼 우주적 산물로서 원초적인 우주적 정보가 내재된 우주인宇宙人임을 잊지 말아야 한다. 이 정보가 바로 우주적 연기이법인 불성佛性이다. 따라서 우주 자연을 잘 관찰하고 바르게 이해함으로써 우리는 불성을 쉽게 드러내면서 연기적 삶의 질을 한층 더 높일 수 있게 될 것이다.

31

불법佛法과 연기

태양과 같은 별이 수천억 개가 모여 은하銀河를 이루고, 이런 은하가 수없이 모여 거대한 우주宇宙를 이루고 있다. 우주 내에 있는 만물은 중력 에너지를 서로 주고받으면서 연결되어 있다. 태양도 밤하늘에 보이는 별들과 중력적으로 서로 연결되어 있고, 지구는 태양의 인력에 묶여 태양 주의를 돌고 있다. 이처럼 만물이 연기적 관계를 이루는 광대한 우주에서 인간은 티끌보다 더 작은 지구라는 시공간에서 살아간다. 100년을 살아가는 인간은 100억년을 살아가는 태양에 비해 1억분의 1이라는 찰나 같은 삶을 살아간다. 우주적 견지에서 볼 때 인간이 비록 티끌 같은 좁은 시공간에서 살아가는 미비한 존재지만 우주의 연기적 구성원으로써 우주만물의 생멸진화生滅進化의 이법을 충실히 따르고 있다. 석가모니 부처님께서 6년간의 고행에서 깨우치신 것도 바로 이 우주만물의 생멸진화의 연기적緣起的 이법理法이다.

지상의 만물은 태양빛을 받고 공기를 마시며 또 양식을 구해

먹고 노폐물을 밖으로 방출한다. 하늘의 별들은 서로 중력 에너지를 주고받고[授受] 또 복사 에너지를 주고받는다. 바위나 땅도 햇빛[복사 에너지]을 흡수하고 방출한다. 이처럼 만물은 서로 간에 에너지를 주고받는 상호의존적 수수관계를 이루고 있다.

이런 연기관계는 개체의 구성 요소들 사이에서 일어나는 내적 수수관계授受關係와 외적 대상과의 연기적 관계에서 일어나는 외적 수수관계로 이루어진다. 따라서 우주만물이 존재하면 반드시 상호의존적 수수관계가 일어나므로 연기법緣起法은 우주만물의 존재이법存在理法이다.

올바른 연기관계에서는 주는[授] 마음이 청정하고 받는[受] 마음이 청정하며 또 주고받는 매체가 청정하다. 이를 삼륜청정三輪淸淨이라 하며, 이를 따르는 것이 곧 불법을 바르게 이루어 가는 길이다. 인간은 번뇌 망상을 일으키는 염오染汚의 생멸심生滅心 때문에 삼륜청정을 잘 유지하지 못하지만 산천초목이나 하늘의 별과 같은 무정물無情物은 삼륜청정을 유지하면서 연기적 불법을 잘 따르고 있다.

우주만물은 연기적 수수관계를 통해 끊임없이 변하므로 언제나 동적動的이며 완전한 정적靜的 상태란 존재하지 않는다. 그러기 때문에 고정된 정체성正體性을 유지하지 못하게 된다. 이처럼 만물이 변한다는 것이 변하지 않는 진리이다. 생生이 있기에 멸滅이 있고, 멸이 있기에 생이 있으므로 생과 멸은 다르지 않는 생멸불이生滅不二이다. 여기서 우리는 생이나 멸에 집착하지 않고 생과 멸의 연기적 변화 과정을 잘 살펴야한다. 그래서 타자와 함께 연기적 삶을 살아가는 우리는 자신이 항상 변하면서 불법의 세계로 나아가고 있다는 연기적 진실을 잊지 말아야 한다. 그렇지 않으면 고정된 틀과 염탁染濁의 집착심執着心에서 벗어나지 못하게 된다.

만물의 생멸진화 과정에서 불안정한 상태는 스스로 조정되면서 안정한 상태로 바뀌고 또 안정한 상태는 외부 섭동攝動으로 불안정한 상태로 바뀌면서 끊임없이 변화한다. 불안정한 상태에서는 에너지를 많이 소모하고, 안정된 상태에서는 에너지를 적게 소모한다. 만물은 연속적 수수과정을 거치면서 에너지가 가장 적게 소모되는 쪽으로 진화해 가는 것이 일반적인 존재이법이다. 그래서 우주만물은 들뜨지 않는 안정된 상태인 기저상태基底狀態를 유지해 가게 된다.

하늘의 천체들을 비롯한 무정물無情物은 무위적 연기관계를 이루며 상호작용에서 에너지가 가장 적게 소모되는 최소작용最小作用의 원리를 따른다. 그런데 인간은 의도적이고 이기적인 유위적 행을 함으로써 최소작용의 원리를 잘 따르지 못하고, 많은 에너지를 소모하면서 번뇌 망상을 일으키게 된다. 그러나 오랫동안 적극적인 연기과정을 거치게 되면 궁극에는 최소작용의 원리를 따르는 쪽으로 진화하게 된다. 인간의 경우는 번뇌 망상의 상념想念을 일으키는 탐貪·

진瞋·치癡 삼독三毒을 여읨이 최소작용最小作用의 원리를 잘 따르는 바른 길이다.

연기적 변화과정에서 만물은 들뜨지 않고 차분한 가장 낮은 에너지 상태를 유지하려는 쪽으로 진화한다. 그래서 개체를 기술할 수 있는 정보[特性]가 최소화되면서 가장 조화로운 상태에 이른다. 이처럼 개체의 고유한 특성이 사라지면서 가장 안정된 바닥상태에 이름을 이완상태弛緩狀態라 한다. 이것은 무아無我, 무상無相의 경지에 해당한다. 이와 같은 상태는 적극적인 연기관계를 통해서 이루어진다. 그러므로 연속적인 연기관계가 없는 고립된 상태에서는 올바른 이완상태弛緩狀態에 이르기가 어렵다. 왜냐하면 아상我相과 아만我慢이라는 특수성이 쉽게 사라지지 않기 때문이다.

계系가 적극적인 연기관계를 통해 불안정한 상태에서 안정된 상태에 이르는 시간을 이완시간弛緩時間이라 한다. 이완시간이 길수록 안정된 상태에서 불안정한 상태로 바뀌는 시간이 길어진다. 일반적으로 이완시간이 길수록 계는 안정된 상태를 오래 동안 유지하며 또한 외부 충격에 대해 쉽게 불안정한 상태로 바뀌지 않게 된다. 집단의 경우는 구성원의 수가 많을수록 이완시간이 길어진다. 개인의 경우는 선정력禪定力이 클수록 이완시간이 길어지며 안정된 상태를 오래 동안 잘 유지할 수 있다. 일반적으로 화를 잘 내는 사람은 이완시간이 짧은 불안정한 성격의 소유자다.

연기적 수수관계에서는 한 상태가 계속 지속되지 못하고 곧 다른 상태로 변하게 된다. 그래서 제행무상諸行無常이고 제법무아諸法無我이다. 예를 들어 고통이 계속되지 못하고 즐거운 상태로 바뀌고 또 즐거운 상태가 지속되지 못하고 고통스러운 상태로 바뀐다. 이처럼 연기적 과정에서는 고통이나 즐거움이 특별한 상태가 아니라 일반적인 보편적 현상이다. 따라서 고통에도 집착하지 않고 즐거움에도 집착하지 않아야 하며 그리고 주객主客의 분별도 없어야 한다. 이처럼 연기관계에서는 어느 한쪽으로 치우치지 않는 안정된 평형계平衡系를 이루게 된다. 인간은 항상 의도적으로 유위적有爲的 행行을 함으로써 연기적 중도中道에 이르기가 어렵지만 무위적無爲的 연기과정을 따르는 우주만물은 언제나 중도적中道的인 평등한 상태를 유지해 간다.

상호의존적 연기관계를 오래 동안 지속하게 되면 특별해 보이는 것도 궁극에는 보편저 현상으로 바뀐다. 예를 들어 강바닥에서 모난 돌이 다른 돌들과 계속 서로 부딪치면서 뾰족한 모서리가 깎여 사라지고 둥그스레한 형태로 변하게 된다.[모난 돌이 정 맞는다.] 그래서 모난 형태의 특수성이 사라지면서 보편적 형태를 띠게 된다. 이처럼 연기적인 우주에서 만물은 특수성特殊性이 사라지고 보편성普遍性을 띠게 된다.

위에서 살펴본 우주만물의 생멸진화와 존재이법인 연기법을 정리하면 다음과 같다.

첫째. 만물은 상의적相依的 연기관계緣起關係를 통해 고정된 정체성正體性을 가지지 못하고 끊임없이 변화한다.[變化性]

연기적 변화를 만법공萬法空이라 하며, 이것은 변한다는 것이 변하지 않는 자연 만물의 존재이법이다. 따라서 만물이 변하면서 생멸이 끊임없이 이어지는 무상無相의 연기적 세계에서는 어느 것에도 집착하지 않아야 한다. 연기적 세계에서는 어떠한 물리 상태든지 고정된 상태로 존재할 수 없다. 이것은 대기와 해류의 영향으로 거울같이 완전히 편평한 바닷물이 존재할 수 없는 것과 같은 이치이다. 그래서 만물의 물리적 상태는 완전성完全性 보다는 완전성에 가까운 준상태(準狀態 : 準安定, 準平衡 등)을 유지하게 된다.

둘째. 연속적 진화과정을 통해 계系는 안정된 상태로 진화한다.[安定性]

연속적인 진화과정에서 불안정한 상태가 생기더라도 그 기간은 비교적 짧으며 곧 안정된 상태로 이어진다. 그래서 만물의 진화 상태는 불안정한 기간보다 안정된 기간이 훨씬 더 긴 것이 특징이다.

셋째. 계는 최소작용最小作用의 원리를 따라 만물은 유위적 조작이 없는 무위적 과정으로 진화한다.[無爲性]

일반적으로 이해관계에 따른 유위적有爲的 조작은 많은 에너지를 소모하며 불안정한 상태를 유발하게 된다.

넷째. 계는 에너지가 가장 적게 소모되는 가장 낮은 에

너지 상태인 바닥상태에서 이완상태弛緩狀態로 머문다.[弛緩性]

　　이완시간弛緩時間이 길수록 계의 안정된 상태가 오래 동안 지속되며 또한 외부 충격으로 계가 쉽게 파괴되지 않는다.

　　다섯째. 계는 특별한 어느 한 상태에 치우치지 않고 연기적 공성空性을 지니는 중도적中道的 평등관계를 유지한다.[平等性]

　　여섯째. 계는 연속적 진화과정에서 개체의 고유한 자성自性인 특수성特殊性이 사라지면서 보편적 상태로 진화한다.[普遍性]

우주만물이 지니는 연기적 존재이법存在理法인 연기법緣起法은 위에서 살펴본 6가지 원리인 변화성變化性, 안전성安全性, 무위성無爲性, 이완성弛緩性, 평등성平等性, 보편성普遍性 등으로 구성되며, 이 연기법은 인간을 비롯한 우주만물이 연기적 과정을 통한 탄생에서부터 지니는 물질의 근본 속성으로 우주만물의 본질本質이다. 불성佛性을 지닌 우주에서 이루어지는 이와 같은 연기성緣起性은 우주가 생긴 이래로 존재하는 우주만유의 제법실상諸法實相으로써 우주 자연의 궁극적 진리이며 이를 우주심宇宙心[89] 이라 한다. 이 우주심은 만법萬法이 하나로 귀일歸一하는 우주적 존재이법이다.

무시이래로 존재하는 우주심은 자성청정심自性淸淨心으로 만법의 체體이며 불생불멸不生不滅이다. 그래서 경에서 '여래[우주심]는 항상 머무는 법이어서 변이變易하지 않는다.'라고 했다. '마음이 곧 부처다.[卽心是佛]'라고 하거나, '마음과 부처

---

[89] 『화엄법계와 천문학』: 이시우, 도피안사, 2016, 42쪽

와 중생 이 셋은 차별이 없다.[心及衆生 是三無差別]⁹⁰'라고 할 때 이 마음은 바로 우주심宇宙心이다. 연기적 이법인 우주심은 우주만물의 생멸진화에 따른 존재이법存在理法으로 불법佛法, 불성佛性, 불신佛身, 법성法性, 법신法身, 진여眞如, 진심眞心, 여래如來등에 해당한다. '일체 중생이 모두 불성을 지닌다.[一切衆生 悉有佛性]'는 것은 일체 중생이 연기성緣起性의 우주심宇宙心을 지닌다는 것이며, '만물이 부처다'라고 하는 것은 우주만물이 연기적 불성佛性인 우주심을 지니고 있기 때문이다. 그래서 '일체 중생 본래 성불成佛'이라 한다. 따라서 불교는 밖에서 부처를 구하는 것이 아니라 자신의 내면에 들어 있는 부처[佛性]를 밖으로 드러내는 종교이다. 불성(佛性 : 우주심)의 발현과 실천이 깨달음이며, 이것은 곧 인간이 자연과 더불어 공존공생共存共生하며 살아가는 우주만유의 연기적 존재이법存在理法을 바르게 이해하고 실천하는 것이다.

염오의 생멸심生滅心을 여의고 우리 몸에 잠재되어 있는 우주심(宇宙心 : 佛性)의 발현이 성불成佛, 깨달음, 열반涅槃 등에 해당하며, 이를 견성성불[見性成佛 : 불성을 드러내며 깨달음에 이른다.]이라 한다. 따라서 열반은 환상 같고 꿈과 같은 것이 아니라 실제로 우주적 연기성인 우주심宇宙心의 발현 상태이며 그리고 일상적인 세속적 의식세계를 초월한 궁극적인 공空의 경지에 이름이다.

　　이런 관점에서 여여如如한 무심無心, 무념無念의 평상심

90 『현수법장 연구』: 계환, 운주사, 2011, 53쪽

平常心91을 갖는 것도 바로 연기적 우주심宇宙心의 발현 상태이
며, 이것은 항상 바르고 청정한 대아大我인 상락아정常樂我淨의
연기적 경지[涅槃]에 이름이다. 이것이 바로 일승一乘인 대승
大乘의 길이다. 소승小乘은 고집멸도苦集滅道 사성제四聖諦에 집착
하면서 인간중심적인 의식세계를 벗어나지 못한다.

망념妄念의 생멸심生滅心을 여의는 시각始覺을 거쳐 연기적 진
여眞如의 우주심이 드러나는 본각本覺에 이른다. 따라서 연기
적 생활을 통해 염오의 생멸심滅心을 여윔으로서 여래장如
來藏에서 연기성의 불성佛性인 우주심宇宙心이 드러나게 된다.
참된 깨달음이란 불성[緣起性]의 바른 이해理解와 실천實踐
이다. 따라서 올바른 실천[닦음]이 없는 깨달음은 바른 깨
달음이 아니다.

연기성緣起性의 바른 이해는 연기의 6가지 원리[緣起法]를 바
르게 알고 실천하는 것이다. 우리는 내외적으로 크고 작은 연
기적 변화가 일어나는 세상에 살고 있으므로 연기적 이법[佛
性]을 잘 이해하더라도 이것의 실천이 항상 똑같이 잘 이루
어질 수는 없다. 그러면 자성청정심自性淸靜心을 지닌 깨달음
의 상태도 계속 똑같은 상태로 지속되지 않게 된다. 그래서
깨끗지 못한 염오染汚의 생멸심生滅心이 생기면 이를 여의도록
끊임없이 실천 수행해야 한다. 이런 관점에서 늘 변화하는 연
기적 세계에서 이루어지는 깨달음이란 꾸준한 실천수행實踐

---

91 平常心이란 단순히 無我의 마음이나 空의 마음 또는 절대긍정이나 절대부정의
    마음이 아니라 연기 성의 佛性을 밖으로 발현하는 마음이다.

修行을 통해 깨달음의 경지가 계속 유지될 수 있도록 해야 한다. 이런 경우가 돈오점수頓悟漸修이다.

　　깨달아도 깨달음을 모르고 여여한 한결같은 마음[수행하는 마음]을 지니게 되는 '평상심이 도다.[平常心是道]'라는 경지는 연기법緣起法의 실천 수행이 꾸준히 이어지는 경우이다. 우리는 변한다는 것이 변하지 않는 연기적 진리의 세계에서 살고 있다. 따라서 실제 생활에서 일어나는 크고 작은 깨끗지 못한 염오의 생멸심 때문에 깨달음의 실천이 변치 않고 한결같은 상태로 지속된다는 것은 불가능하다. 그래서 꾸준한 마음챙김의 수행이 필요한 것이다.

북종北宗 신수神秀[92]는 그의 게송['身是菩提樹 心如明鏡臺 時時勤拂拭 勿使惹塵埃']에서 '이 몸은 보리수요, 맑은 거울 같은 마음을 부지런히 털고 닦아, 티끌 끼지 않게 하리라.'고 했다. 여기서 보리수는 부처를, 그리고 맑은 거울은 자성청정심自性淸淨心인 불성佛性을 뜻하며, 티끌은 염오染汚의 생멸심生滅心을 뜻한다. 본래 부처인 우리는 여래장如來藏에서 염오의 생멸심을 여읨으로써 청정한 부처의 불성佛性이 밖으로 드러나도록[깨달음의 상태를 항상 유지하도록] 부지런히 수행한다는 것이 신수의 돈오점수頓悟漸修 사상이다.

경에서 '일체 중생은 무시이래로 항상 열반涅槃에 들어있다.'라고 한다. 하늘의 천체나 산천초목은 무위적인 무정세계無情世界

---

92 『北宗禪』: 혜원, 운주사, 2008, 129쪽

로서 그 자체가 항상 연기적 우주심을 잘 드러내는 열반 상태로 존재한다. 그래서 '만법萬法이 본래 그대로 열반涅槃이다.'라고 한다. 그러나 인간의 경우는 번뇌 망상의 상념想念에 따른 생멸심을 완전히 여읠 때 비로소 여래장에서 우주심인 진여眞如 불성佛性의 여래如來가 밖으로 드러나면서 열반에 이르게 된다. 이처럼 우주심宇宙心의 발현 상태인 열반에 이르기 위해서는 마음을 다잡고 세상을 관조觀照하는 지관止觀 수행을 한다.

지止의 수행에서는 여래장에서 진여심(眞如心 : 宇宙心)을 밖으로 드러내도록 염오의 생멸심을 여의는 진여삼매眞如三昧를 닦고, 관觀의 수행에서는 다양한 연기관계를 통찰함으로써 만물의 연기적 이법을 찾는다.

진리의 세계는 연기관계가 역동적으로 일어나는 현실 세계이다. 따라서 연기적 우주심의 발현은 정상적인 현실 세계에서 적극적인 연기관계를 통해 이루어져야 한다. 그렇지 않고 소외된 특별한 조건 아래서 고독한 수행을 통해 깨달음을 이루고자 한다면 연기법의 부편성普遍性에 어긋나므로 바른 깨달음에 이르지 못하게 된다. 연기적 대상 없이 이루어지는 깨달음은 환상幻想이다. 왜냐하면 연기적 대상이 없음은 역동적인 현실 세계를 떠난 것이기 때문이다.

인간은 태어나면서 부모로부터 받아 나오는 유전적遺傳的 정보情報와 생활과정에서 훈습薰習된 다양한 연기적 수수관계의 정보가 대뇌에 저장된다. 따라서 의식意識이란 유전적 업식業識과

훈습薰習된 생멸심生滅心으로 이루어진다. 특히 유전적 업식業識에는 존재이법인 우주심宇宙心과 생물학적 유전정보遺傳情報가 내포된다. 우리가 외부 대상을 통해 의식할 때는 그 대상(對象 : 外境)의 정보[相分]와 대뇌 속에 저장된 정보[見分]가 서로 상통하면서 인식하게 된다. 대뇌에 저장된 정보는 생활에서 외경外境을 대상으로 얻어진 정보이므로 견분도 결국은 외부 대상의 정보일 뿐이지 마음이 마음대로 만들어 내는 정보가 아니다. 따라서 '일체는 마음이 짓는 것이다.'라는 일체유심조一切唯心造는 마음이 외부 대상과 무관하게 짓는 것이 아니라 대뇌 속에 저장된 외경을 대상으로 한 정보에 근거하기 때문에 근본적으로 외부 대상에 대한 마음이고 의식인 것이다.

따라서 연기관계에서는 인간의 좁은 마음이 중요한 것이 아니라 외경과 인간의 상의적 관계가 중요하다. 일반적으로 연기적 수수관계가 어떻게 일어나느냐에 따라서 다양한 마음이 일어나게 된다. 인간의 마음을 중시하는 유식唯識에서는 외경外境과 인간 사이의 적극적인 연기관계가 거의 고려되지 않는다. 그래서 자연과 인간 사이의 연기관계가 필연적인 데도 불구하고 이를 중요하게 생각하지 않는다. 이와 같이 자연을 외면하면서 인간의 편익과 부의 창출을 일으키는 과정에서 지구라는 자연은 파괴되며 황폐화 되어 가고 있다.

연기적 이법은 자연존중사상自然尊重思想을 내포한다. 인간은 자연의 한 구성원으로서 자연의 이법을 충실히 따르는 것이지 자연이 인간중심적 질서를 따르는 것이 아니다. 연기법을 따르는 자연은 항상 깨달음의 열반 상태이다. 따라서 인간이 깨닫는 것도 실은 우주 자연宇宙自然과 합일合一하는 경지에 이름이다. 그래서 깨친 자는 목석木石처럼 별처럼 살아가게 된다. 이처럼 연기법을 근본으로 하는 불법佛法에 따라 인간은 우주만물[自然]과 더불어 공존공생共存共生하는 생멸진화生滅進化의 근본 이법을 깨닫고 실천하는 것이다. 불교의 교教와 선禪에서 깨닫고자 하는 것도 근본은 연기적 진리의 이해와 실천이다. 이런 관점에서 불교는 단순한 신앙의 종교가 아니라 우주심을 바탕으로 하는 우주만유宇宙萬有의 존재이법存在理法을 추구하는 종교이다.

맺는 말

오늘날 불교계에서는 주로 고집멸도苦集滅道 사성제四聖諦와 12 연기緣起를 다루면서 수행을 통해서 인간의 고뇌를 극복하고 천상天上에 태어나거나 환생還生하여 다시 좋은 생을 받기를 소 망한다. 이것이 기원祈願과 기복祈福 신앙의 주요 목적이다. 비 록 석가모니 부처님의 출가 시에는 주로 사성제에 그 뜻이 있 었다 하더라도 50여 년의 수행에서 얻은 결과는 인간의 삶에 국한된 생주이멸을 벗어나 깊은 통찰력과 불안佛眼으로 우주만 유에 대한 생주이멸生住異滅과 성주괴공成住壞空에 대한 우주적 연기법인 불성佛性을 깨우친 것이다.

주고받는 연기적 관계는 단순히 주객主客의 상대적인 관계가 아니라 만물이 본질적으로 서로 얽매여 있는 전일적全一的인 존 재론적存在論的 관계이다. 그래서 연기면 존재이고 존재면 연기 이다. 연기적 존재이법存在理法인 연기법은 변화성變化性, 안전성 安全性, 무위성無爲性, 이완성弛緩性, 평등성平等性, 보편성普遍性 등 의 6개의 원리로 이루어진다. 이러한 연기법緣起法은 인간을 비롯한 우주만물에 내재內在한 생멸진화의 이법이며, 대승은 이런 우주적 연기법을 근본으로 한다. 연기성緣起性은 공성空性으로 불성佛性이고 법성法性이며 진여眞如 여래如來이다.

그래서 연기면 공空이고 공이면 중도中道이고 중도면 성불成佛이라 한다. 이러한 연기성의 불성은 무시이래로 우주만물에 내재해 있다. 인간의 경우에는 수행을 통해 내면[如來藏]에 잠재해 있는 이런 연기성(緣起性 : 佛性)을 밖으로 발현함으로써 깨달음이라는 열반涅槃에 이른다. 그러나 무정물無情物이라 부르는 만물은 항상 연기성을 드러냄으로 언제나 열반 상태이다. 이런 관점에서 우리는 자연 만물의 생주이멸의 연기적 이법을 잘 관찰하고 관조해야 한다. 그렇지 않고 외물을 경시한다면 올바른 깨달음에 이르기는 어려울 것이다. 불교는 인간과 인간 사이, 인간과 자연 사이의 조화로운 연기관계를 통해 올바르게 살아가는 법[佛法]을 가르치는 종교이다. 그리고 깨달음이란 신비스런 초월적 경지에 이름이 아니라 만유[自然]와 더불어 공존공생共存共生하며 살아가는 실질적인 존재이법[緣起法]의 바른 이해와 실천이다.

무위적 연기관계에서는 삼륜청정三輪淸靜과 삼륜체공三輪体空을 근본으로 한다. 자연 만물은 이런 무위적 연기관계를 따르나 인간계는 자유의지를 앞세워 유위적 연기관계를 따르면서 타자에게 피해를 입히는 복잡한 삶을 영위해 간다. 이를 없애고자 부처님이 수많은 법문法門을 한 것이다. 특히 우주만유의 생의生意를 지닌 중생들의 생멸에는 서로 주고받는 상호 의존적 연기관계를 따른다는 연기법緣起法을 발견하시고, 이것을 만유의 생주이멸과 성주괴공에 적용하면서 우주적 생멸진화의 존재이법存在理法을 『화엄경』에서 설한 것이다.

무시이래로 존재해 오는 연기법의 발견과 정립定立은 석가모니 부처님의 위대한 업적이다. 당시 서구에서는 하늘의 천체들이 천구에 붙박혀 있으며 영원히 빛을 내는 것으로 생각해 왔다. 이런 관점에서 우주만물의 생멸진화生滅進化에 대한 석가모니 부처님의 논리적이고 과학적인 연기법의 정립은 오늘날의 자연에 대한 과학적 이해와 정성적으로 크게 다를 바 없다. 그럼에도 불구하고 불교계에서는 이러한 논리적이고 과학적인 우주적 연기법에 대해 깊은 이해가 부족하다는 것이 안타까울 뿐이다.

연기적 이법은 만물의 존재이법存在理法이며 삶의 원리이다. 이러한 연기성에 따라서 자연계의 만유는 질서체계인 육상원융六相圓融을 이루면서 진화해 간다. 서양에서는 20세기부터 주체主體, 존재存在, 진리眞理가 주요한 철학적 주제로 등장하면서 연기緣起가 간접적으로 다루어지고 있다. 특히 스피노자, 하이데거, 메를로-퐁티, 질 들뢰즈, 데리다, 바디우 등이 주체의 탈대상화脫對象化와 진리의 탈대상화脫對象化 그리고 일자一者를 벗어나 다수多數의 복수複數를 상대로 하는 집단연기가 간접적으로 논의되어 왔다. 이러한 서양 철학에 비해 한국의 불교 사회에서는 불법의 근본 바탕인 연기법緣起法에 관해서 깊은 철학적 관심이 부족한 것이 사실이다. 이것은 결국 우리가 왜 또 어떻게 존재하는가라는 물음 자체에 무관심하다는 뜻으로 석가모니 부처님의 근본 불법에 깊은 관심이 부족한 것으로 비칠 수 있다. 연기적 변화에 따른 가현假現의 현상계를 초월하여 육신에 내재된 원초적 연기성緣起性을 발현토록 함이 우리 삶의 궁극적인 목적이 되어야 한다. 불교는 이를 위해 존재하는 연기적 진리의 종교이다.

본서에서는 석가모니 부처님의 위대한 우주적 대발견인 연기법緣起法이 인간 세계 뿐만 아니라 우주만유로 확장되어 현대 첨단과학 중에서 특히 우주과학에 중요한 발전의 계기가 될 수 있기를 희망한다. 현재 팽창하는 우주란 우리가 속해 있는 관측되는 우주일 뿐이지 우주인드라망에 속한 다른 우주에서는 수축이 일어나고 있을지도 모른다. 석가모니 부처님이 제안한 진동우주震動宇宙란 수많은 우주들이 궁극적으로는 수축과 팽창을 반복하고 있다는 뜻이다.

『화엄경』에 따르면 우리가 속해 있는 승연화세계勝蓮華世界[宇宙]는 현재 팽창하고 있는 것으로 볼 수 있지만 다른 우주들도 모두 팽창하고 있다는 뜻은 아니다. 결국『화엄경』에서는 승연화우주로 우주의 범위가 끝났지만, 우주에는 끝이 없으므로 과연 승연화우주勝蓮華宇宙와 같은 우주가 무수히 많이 모여 다중우주多重宇宙를 이루고 있는지의 여부를 규명하는 것이 오늘날 우주과학 연구의 중요한 과제로 제시된다,

연기법의 바른 이해와 실천의 경지에 이름이다.

깨달음이란 우주만유 사이에 일어나는

원초적인 우주적 정보[불성]가 내재된 우주인임을 잊지 말아야 한다.

인간이 비록 작은 미물이지만 하늘의 별처럼 우주적 산물로서 우주만물의 본질이다.

연기적 과정을 통한 탄생에서부터 지니는 물질의 근본 속성으로

연기법은 인간을 비롯한 우주만물이

이 우주심은 만법이 하나로 귀일하는 우주적 존재이법이다.

우주 자연의 궁극적 진리이며 이를 우주심이라 한다.

연기성은 우주가 생긴 이래로 존재하는 우주만유의 제법실상으로써

연기와 불성

緣起佛性

2020년 10월 1일 개정판 인쇄
2020년 10월 10일 개정판 발행

글
이시우

펴낸이
김인현

펴낸곳
도서출판 종이거울
주소 | 경기도 안성시 죽산면 거곡길27-52(용설리 1178-1)
전화 | 031-676-8700
팩시밀리 | 031-676-8704
E-mail | dopiansa@hanmail.com

등록
2002년 9월 23일 (제 19-61호)

ISBN 978-89-90562-53-1
ISBN 978-89-90562-05-0(세트)